Chara

百年待てたら結婚します

緒 葵

キャラ文庫

この作品はフィクションです。
実在の人物・団体・事件などにはいっさい関係ありません。

目次

百年待てたら結婚します

口絵・本文イラスト／サマミヤアカザ

紅梅と白梅が描かれた金彩の襖《ふすま》をそっと開け、八奈木《やなぎ》紀斗《のりと》は座敷を抜け出した。

年賀の宴は今がたけなわ。これから贅《ぜい》を尽くしたご馳走《ちそう》が次々と運ばれてくるとわかってはいたが、女だらけの座敷はまだ八歳の紀斗には居心地が悪すぎた。隙あらば難癖をつけ、皆の前でこき下ろそうとする意地悪な少女たちが同席しているのでは尚更《なおさら》だ。母も姉も、この時ばかりは庇《かば》ってくれない。

「ざまーみろ、だ」

少女たちのリーダー格である月重《つきえ》が紀斗の不在に気付き、悔しそうに歯軋《はぎし》りする姿を想像すると、少しだけ溜飲《りゅういん》が下がる。紀斗が気に入らないのなら放っておけばいいのに、どうして顔を合わせるたび執拗《しつよう》に絡んでくるのだろう。あんなのが次のご当主様だなんて、天喰《あまじき》家の未来が不安になるけれど、紀斗にはどうでもいい話だ。

……どうせ、俺は『役立たずの男』なんだから。

嘲笑《ちょうしょう》に歪《ゆが》んだ月重の顔が思い浮かびそうになり、紀斗はぶんぶんと頭を振った。せっかく宴を抜け出せたのだから、何か楽しいことがしたい。と言っても、持って来たゲーム機やスマートフォンは母親に取り上げられてしまったし、紀斗と遊んでくれるような使用人も居ないのだが。

「のりくん、どうしたの？」

ひとまず庭に行こうと濡《ぬ》れ縁に出たところで、背後から呼びとめられた。ぎくりと振り返り、紀斗は胸を撫《な》で下ろす。畳廊下で不思議そうに首を傾《かし》げている振袖姿の少女は、幼馴染《おさななじ》みの鳴《なる》海真由《みまゆ》だったのだ。

真由も一族の女だが、紀斗と同じく血の薄い分家に生まれたせいかおっとりとした性格で、月重たちのように紀斗を虐げることは決して無かった。一つ年上の彼女と会うのは、去年の宴以来だから一年ぶりか。しばらく見ない間にずいぶんと大人びて、綺麗《きれい》になった。淡く口紅の塗《ぬ》られた唇が何だかまぶしい。

「何だ、真由ちゃんか」

「何だ、じゃないわ。もうすぐご当主様がいらっしゃるんだから、のりくんもご挨拶《あいさつ》しないと駄目よ」

照れ隠しでぶっきらぼうな口調になっても、真由は怒ったりはしない。純粋な親切心からであろう忠告に、紀斗は唇をひん曲げる。

「俺なんかが居なくたって、ご当主様は気付かないよ。母さんと姉ちゃんが挨拶すればいいいんだから」

「でも、のりくんだって天喰の一族じゃないの」

「…俺は、『役立たずの能無し』だもん」

月重たちに限らず、血の濃い一族の女たちはみな男である紀斗をそう罵《ののし》るのだ。気まずそうに黙ってしまった真由に罪悪感を覚えながら、使用人のものとおぼしきサンダルをつっかけ、紀斗は庭に飛び出す。

『男のくせに、天喰の一族に生まれるなんて汚らわしい』

『よくものこのこと顔を出せたものね。役立たずの男のぶんざいで』

『男が生まれてしまうようでは、八奈木家ももうおしまいかもしれないわね』

紀斗の居なくなった座敷では、きっと女たちが盛り上がっているだろう。母も姉も末席で小さくなり、あいまいな笑みを浮かべてやり過ごしているに違いない。この本邸は、男を産んでしまった母にとっても居心地の良い場所ではないのだ。だったら年賀の宴になんて参加しなければいい、という紀斗の訴えは、絶対に聞き届けられないのだが。

「…どこ、行こうかな…」

海沿いに建てられた天喰家の本邸は、ちょっとしたテーマパーク並みの広さを誇る。数百年もの間、増改築を重ねた建物は迷路のようで、冒険心を刺激されるけれど。

「お酒の追加はまだ？」

「もうすぐご当主様がお出ましになるわ、急がないと」

廊下の奥からお膳を掲げた女中たちが現れ、紀斗はとっさに向かいの建物の陰に隠れた。母の目の届かないところで足を引っかけられ、転ばされたことがあるのだ。ついでに運んでいた料理を頭上からぶちまけられてしまい、新調したばかりの晴れ着を台無しにされた。さすがに謝罪はされたが、にやにやと笑っていたから、あれは絶対にわざとだ。

うまいこと逃げ出せたのに、またいじめられるのはごめんだ。賑《にぎ》わう母屋からなるべく離れるよう歩き続けるうちに、ずいぶん遠くまで来てしまったらしい。離れに隠れるようにして、今まで見たことの無い小さな土蔵が現れた。少し先には、邸を囲む海鼠塀《なまこべい》がぐるりと巡らされている。

やけに背の高いその土蔵は重々しく巨大な扉に閉ざされ、ぶら下げられた錠前には天喰家の家紋が刻まれていた。たとえ錠前が無くても、幼い紀斗では扉を押し開けるのはとうてい不可能だろう。

……いったい、何がしまわれているんだろう？

がぜん興味が湧き、紀斗は土蔵の周囲をぐるぐると回り始めた。地元では神の使いのように崇《あが》められる天喰家の邸に、盗みに入ろうとする不届き者は居ない。にもかかわらずここまで厳重に守られているのは、土蔵の中身がそれだけ重要な宝物である証拠だ。どこかから中に入り、宝物を拝めないだろうか。

だが当然、子どもの入り込めるような隙間など見付かるわけもない。諦《あきら》めて他に行こうかと思った時、視界の端を鮮やかな色彩がひらめいた。反射的に見上げ、紀斗はぎょっとする。土蔵の瓦《かわら》屋根の真下――二階くらいの高さにしつらえられた窓の格子の向こうから、振袖を纏《まと》った幼い少女が顔を覗《のぞ》かせていたのだ。

歳は紀斗よりも下だろうが、美少女揃《ぞろ》いと評判の月重たちなど束になってもかすんでしまうくらい美しい少女だった。格子の外にはみ出た振袖の袂《たもと》にはあでやかな桜の花が描かれ、桜の精が春を待ちきれずに現れたのかと見まごうばかり。ついさっき、綺麗だと感動したばかりの真由の面影すら消えていく。

この子だ、と紀斗は確信した。土蔵にしまわれた宝物は、この子なのだ。あまりに綺麗な少女が悪者にさらわれないかと心配した誰かが隠し、厳重に鍵をかけたに違いない。

「ね、……ねえ、君は誰？」

口ごもりながら話しかけた紀斗を、少女は嘲笑《あざわら》ったりはしなかった。いや、そもそも紀斗の存在に気付いているのかどうか。人形めいた美貌《びぼう》には何の表情も浮かばず、大きな黒い瞳は焦点を結んでいない。

何とか振り向いて欲しくて…愛らしいに違いない声を聞きたくて、何度も話しかけた。それでも少女は微動だにしなかったが諦めきれず、紀斗は野の花を摘み、土蔵の近くに植えられた松の木によじ登ったのだ。

「…………」

強引に視界に割り込むと、虚《うつ》ろだった少女の瞳に紀斗が映し出された。少女が自分を認識してくれた。それだけのことが天に昇るほど嬉《うれ》しくて、摘んだばかりの花を差し出そうとしたところで、思わぬ邪魔が入った。

「紀斗っ！　貴方、何をしているの⁉」

木の上の紀斗を見付けるや、母は血相を変えて叫んだ。ご当主様への挨拶を終え、紀斗を捜し回っていたのだろう。穏やかな母がここまで取り乱すのは初めてだ。迫力に圧《お》されて地面に降りたとたん、したたかに頬を叩《たた》かれた。

「あの御蔵にはね、ご本家で罪を犯した罪人が……ご当主様に逆らった悪い人が閉じ込められているの。だから絶対に近付いちゃ駄目。わかったわね？」

「……う、うん」

鬼のような形相に気圧され、頷《うなず》いた紀斗だが、あの少女が罪人だなんてとても信じられなかった。天喰家の女なのに、あの子は男の紀斗を見てもさげすんだりはしなかったではないか。あんなに澄んだ清らかな瞳を持つ少女が、悪人であるわけがない。

翌年。九歳になった紀斗は、いつものように母と姉と別れるとすぐあの土蔵へ直行した。母の言い付けなど、守る気はさらさら無かった。

神様が願いを聞き届けてくれたのか、格子付きの窓の向こうには、去年より少し成長した少女の姿があった。ますます美しさを増している。月重たちにさんざんぶつけられた嫌味など、一気に吹き飛んでしまった。

「……また、きたの」

しかも今回は、少女の方から話しかけてきてくれた。何度も夢見た通りの…いや、予想よりもはるかに甘く愛らしい声に有頂天になりながら、紀斗は松の木をよじ登り、懐に忍ばせておいた包みを差し出した。

「なに、これ？」

「…その…、君にと思って…」

突き返されたらどうしようと思ったが、少女は振袖の長い袂をからげ、格子の隙間から伸ばした手で受け取ってくれた。紀斗がさらさらと流れる黒髪や一瞬だけ触れ合った指先にどきどきしている間に包みを開け、大きな瞳を見開く。

「これは……？」

小さな手がつまみ上げた短冊形の栞《しおり》には、桜の花の押し花があしらわれていた。この一年、紀斗が練習に練習を重ね、一番綺麗に仕上がったのを持って来たのだ。

「桜の花、だよ」

「さくら？」

「そう。君が去年着ていた振袖も、桜の模様だっただろ？」

だから紀斗は少女への贈り物に桜の押し花を選んだのだが、肝心の少女は栞を物珍しそうに眺めるばかりだ。…まさか、桜の花を知らないのだろうか。この国に生まれた人間なら誰もが必ず目にする花なのに。

——ご当主様に逆らった悪い人が閉じ込められているの。

よみがえった母の言葉が、紀斗の胸を突き刺した。

…土蔵の周囲に桜の木は無い。少女は物心ついた頃にはこの土蔵に閉じ込められ、一度も出してもらえていないのだろう。花々の描かれた優美な振袖を着せられていても、実際の花を眺めたり触れたりしたことは無い。妙に言葉がたどたどしいのも、誰ともろくにしゃべらないからかもしれない。

こんなに小さくて純粋な子が、いったい何の罪を犯したというのだろう。役立たずとさげすまれる男の紀斗さえ、月重たちにいびられはしても、自由に生きていられるのに。

…始まりは、哀れみだったかもしれない。

だが、それからも毎年正月のたびに土蔵に通い、美しさを増すばかりの少女との逢瀬を続けるうちに育っていった感情は、間違い無く恋心だった。紀斗が現れたとたんぱっと華やいだ笑みを浮かべ、土産の押し花をねだる少女が…そんなもので喜んでくれる少女がいじらしくて、愛《いと》おしくてたまらなかった。

「のりと、のりと」

小鳥のさえずりのような愛らしい声で呼ばれるたび、胸が疼《うず》いた。

いつか少女をここから連れ出し、二人で幸せに暮らしたいと本気で願っていた。どんなに甘く無謀であろうと、少女こそが紀斗の初恋だった。

……俺が忘れてしまったら、あの子の存在は無かったことになるんだろうか——。

すれ違いざま、ふわりと風になびいた女性の長い黒髪を振り返った瞬間、思い出さなくなって久しい清らかな面影が脳裏によみがえった。小鳥のさえずりのように甘い声も、咲き誇る花よりも美しい笑顔も、格子の隙間からこぼれた髪のつややかさも、記憶に留めているのはきっと自分だけなのだ。

「…八奈木？　おい、どうした？」

肩を軽く叩かれ、八奈木紀斗ははっと我に返った。いぶかしそうに眉を寄せている高野《たかの》に、慌てて頭を下げる。

「す、すみません。ちょっと、ぼうっとしちゃって…」

「……？　ああ」

紀斗の視線の先を追いかけ、高野はいやらしく唇をゆがめた。さっきの女性は自販機の陰に寄り、スマートフォンを操作している。

「美人じゃないか。待っててやるから、声でもかけてきたらどうだ？」

「何を言ってるんですか…仕事中ですよ。それに、俺は…」

「あー、そうだよな。お前には真由さんが居るもんな。今さら並の女なんて眼中にも入らないか」

聞こえよがしな大声のせいで、雑踏からちらほらと視線が投げかけられる。恥ずかしくてたまらなかったが、先輩社員とのあいさつ回りの最中にぼんやりしていた方が悪いのだ。

…もっとも、高野は去年、紀斗が鳴海商事に入社した時からどことなく態度に棘《とげ》があった。社長の鳴海が紀斗の遠縁に当たると、どこかから漏《も》れてしまったらしい。コネ入社だと不愉快に思われていたのが、つい先日、社長の娘である真由との結婚が決まったことでいよいよ嫌われたようだ。

総務課に所属している真由は紀斗の幼馴染みだが、紀斗の入社前から高野に口説かれていたのだと同じ営業部の同僚が教えてくれた。紀斗が何をしてもしゃくに障るだけだろう。

理不尽とは思うが、仕方が無いと諦めていた。幼い頃から柔道や剣道、弓道など一通りの武道を修めてきたおかげか――はたまた生まれついてしまった血筋のせいか、忍耐力には自信がある。

身長こそ百七十センチ少しとあまり高くはないが、今でも鍛錬を欠かさない肉体はほど良い筋肉の厚みがあり、意志の強そうな顔は凛々《りり》しくて格好いいと真由や出先の女性社員たちからは誉められていた。そこもまた、高野は気に食わないのだろう。

「なあ、お前って社長の親戚なんだっけ。…ってことは、お前もあの天喰家の血を引いてるのか？」

駅前の交差点を渡り終えると、高野が好奇心も露《あら》わに問いかけてきた。鳴海家が天喰家の一族であることは周知の事実であり、鳴海商事の強みでもある。

「……ええ、まあ」

つかの間ためらい、紀斗はあいまいに頷いた。八奈木家もまた天喰家の一族であることは、真由と結婚すれば明らかになってしまうことだ。

案の定、高野は刺々しい声を上げた。

「えっ、マジで？　うわー、お前恵まれすぎだろ。何の苦労もせずに大きくなって、コネで大企業に入って社長令嬢と結婚なんて、人生超イージーモードじゃん」

「そんなことないですよ。一族と言っても末端もいいところですし、ほとんど他人みたいなものですから」

「でも何かあれば助けてもらえるし、恩恵受け放題なんだろ。俺みたいな一般人とはやっぱ違うよ」

さんざん羨《うらや》ましがられても、紀斗としては溜息《ためいき》しか出なかった。

確かに、八奈木の家は一般的な家庭より恵まれてはいたのだろう。だが、高野の言う恩恵を受けていたのは母と姉の咲良《さくら》――天喰家の血を引く女だけだった。息子の紀斗と、入り婿の父はそのおまけのようなものだ。

「いいなあ。俺も天喰ほどじゃなくても、どっか術者の一族に生まれたかった。そうすりゃいいとこのお嬢と結婚して、働かず遊んで生きていけたのに」

後輩の微妙な表情にも気付かず、高野は不満を連発する。そういうところが女性社員に敬遠される原因だという自覚は無いようだ。

――キキィィイイッ！

タイヤが道路に削られる摩擦音が弾《はじ》けたのは、適当にあいづちを打ちながら駅の自動改札をくぐろうとした時だった。次いでドンッ、と何か重量のあるもの同士がぶつかる鈍い音と共に、数多《あまた》の悲鳴が響き渡る。

ＩＣカードをかざしたまま、紀斗は硬直した。通ってきたばかりの交差点で、何台もの車が玉突き事故を起こしていたのだ。原因は先頭で正面衝突した大型トラックとミニバンだろう。嫌な臭いのする煙が立ち込める中、撥《は》ね飛ばされた通行人が交差点のあちこちに倒れている。

もう少し渡るのが遅かったら、紀斗たちも巻き込まれていたかもしれない。

だが、どの車の運転手も責任を問われることは無いだろう。何故なら、事故の原因は間違い無く――。

「あ…っ、あれ…っ…！」

高野ががたがたと震えながらトラックの数メートル向こうを指差す。

コンクリートのえぐれた道路の上、異形としか言いようの無いモノがむくりと身を起こした。熊に似た下肢に馬の脚のような両腕、大きな目玉をぎょろつかせる顔は強いて言うなら虎《とら》だろうか。本物の虎には顔面にびっしり生えた角も、うねうね動く触角も無いはずだが。

「…あれが、妖鬼…」

紀斗の背筋を、冷たい汗が伝い落ちた。政府の報道規制をよそに、インターネットには日本各地で撮影された映像や動画が溢《あふ》れている。交差点に出現した化け物は紀斗が見た映像のどれとも違うが、悪夢がそのまま現実に溢れ出てきたみたいな趣味の悪い姿は共通している。

……まるで小さな子どもが、強そうな動物を適当に繋《つな》ぎ合わせたような……。

トラックの運転手はあの妖鬼を避けようとして急ハンドルを切り、避けきれなかったミニバンに衝突してしまったのだろう。あんなモノが突如現れれば、パニックに陥るのは無理も無い。

妖鬼とは何の前触れも無く湧いて出るものだと、教えられていても。

虎面の妖鬼は近くに横転していた車を太い腕でうっとうしそうに払いのけ、ずん、ずんと前進を始めた。ゆっくりと、駅の方に向かって。

「ヒッ……」

「…高野さん、逃げましょう！」

紀斗はICカードをポケットに突っ込み、顔面蒼白《そうはく》の高野を促した。

妖鬼は交差点に倒れた…おそらく亡くなってしまった人々には目もくれない。奴らは生きた人間しか食べないのだと、学校で習った通りだ。そしてこの界隈《かいわい》で最も生きた人間が集まるのは、駅である。

「に、逃げるって、どこへ…」

「どこでもいいですが、とにかく駅から離れなければ。このままここに居たら、あいつに喰われてしまいますよ」

大半の人々が、紀斗と同じ判断を下したのだろう。ごった返していた駅前からは、わずか数分の間でひとけが消えていた。騒ぎが伝わればホームの乗客や駅ビルの客たちがどっと逃げ出し、大騒ぎになるだろう。その前になるべく駅から離れておきたいところなのだが。

「く…っ、く、喰われ……っ⁉　嫌だ、喰われたくない……！」

錯乱状態に陥った高野が、頭を抱えながら叫んだ。

丸い獣耳をあちこちに動かしていた妖鬼がすさまじい勢いでこちらを向いた瞬間、紀斗は全身が凍り付きそうな悪寒と共に確信する。…たった今、自分たちはあの化け物の餌《えさ》と認定されたのだと。

ずしん、と妖鬼は一歩踏み出した。

まだ数十メートルは離れているのに、靴底に小さな振動が伝わってくる。…大きい。ヒグマくらいはありそうだ。

「…な…っ、な、なっ、なんで、こっちに来るんだよぉ⁉」

「……高野さん、早く！」

お前が喚《わめ》き散らすせいだと一喝《いっかつ》したいのを堪《こら》え、紀斗は高野の強張《こわば》った肩を叩いた。決して好きにはなれない相手だが、見捨てて逃げようとはどうしても思えなかった。

──のりとは、やさしいね。

少しだけたどたどしい、けれど甘く愛らしい声が自己嫌悪をもたらした。命の危機にさらされているのに、思い出すのが婚約者ではないなんて。こんな調子だから『私のこと、本当に愛してる?』と真由がたまに拗《す》ねてしまうのだろう。

「に…、逃げたって、追い付かれたら喰われちまうだろ…。な、なあお前、天喰の一族なんだよな？　分家の下っ端でも、妖鬼の一匹くらい倒せるだろ？　倒してくれよ…」

「…無理です。俺には何も出来ない。逃げるしかありません」

「だっ、だってお前、何かすごい武道やってるって聞いたぞ…倒せよ！　そんで俺を守れよ！」

人間の武道なんて、妖鬼には何の効果も無い。そう説明する間も与えず、高野は渾身《こんしん》の力で紀斗の背中を突き飛ばす。

完全な不意討ちだった。

「え……」

まるで反応出来ず、紀斗は妖鬼の視界に押し出される。うわあああああ、と耳障りな悲鳴を上げながら、高野は遠ざかっていく。あんな速さで走れるのなら、どうしてさっさと逃げてくれなかったのか。

「……オ、オウ、オオ、オッ……」

何種類もの獣の鳴き声をごちゃ混ぜにした呻《うめ》きが、妖鬼のあぎとから吐き出された。ぼたぼたと垂れた涎《よだれ》がアスファルトを溶かす。

「…き、君、逃げなさいっ！」

逃げる人々を懸命に誘導していた駅前交番の警察官が、果敢にも拳銃を抜きながら妖鬼の前に飛び出した。

パン、パン、パンッ！

銃弾の連射は、見事に妖鬼の顔面に命中した…はずだった。だが妖鬼はうるさそうに鼻をひくつかせただけで、虎面にはかすり傷一つ無い。

ずんずんと接近してくる妖鬼に、焦った警官は立て続けに発砲する。しかし結果は同じだ。顔面、首、胴体、手足――どこに弾丸が命中しようと、妖鬼の歩みは止まらない。

「そんな馬鹿な……！」

……いや、あれは本当に命中しているのか？

警官の携行する拳銃程度では、熊などの大型の野生獣を仕留めるのは不可能だと聞いたことがある。だが、当たったのなら多少の痛手を与えてもいいはずなのに、妖鬼は怯《ひる》んだ様子すら無い。まるで銃弾が巨体をすり抜けているような……そんなことがありうるのか？

紀斗が馬鹿げた考えに囚《とら》われているうちに、拳銃の弾が尽きる。

「オオ、…オオオウッ！」

「ぎゃあああ…っ！」

よくも歯向かってくれたなとばかりに太い馬脚でなぎ払われ、警官はあっけなく吹き飛ばされた。木の葉のように宙を舞った身体は駅ビルの壁に激突し、ぐしゃりと墜落する。

……ああ、あれは駄目だ。

生物としての本能が警告する。紀斗では…いや、普通の人間では、どうあってもあの化け物には敵《かな》わないと。警官など見捨てて逃げるべきだと。なのに。

――のりと。のりと。

この期に及んで、美しく愛らしい笑顔が脳裏いっぱいに描き出される。もうすぐ結婚する真由とは似ても似つかない面影が、紀斗の足をその場に縫いとめた。紀斗を救おうとしてくれた警官は、かすかにだがまだ胸を上下させている。すぐに病院に搬送されれば、命は助かるかもしれない。

警官の手から抜け落ちた拳銃に、ちらりと目をやる。

「…おい、化け物！　お前の相手は俺だ！」

背負っていたリュックを放り捨て、紀斗は構えを取りながら叫んだ。警官を踏み潰《つぶ》そうとしていた妖鬼がおもむろに振り返り、にいっと虎面をゆがめる。狙《ねら》い通り、死にかけの警官から活きのいい獲物に興味を移してくれたらしい。

馬鹿なことをしていると、自分でも思う。せっかく生き延びられそうだったのに、自ら危険に首を突っ込むなんて。

でも。

……でも……っ……！

「──うらあああっ！」

こみ上げてくる恐怖ごと吐き出しながら拳銃を拾い上げ、紀斗は自分から妖鬼の懐に飛び込む。

この異形の化け物とまっこうからやり合っても、力負けするだけだ。ならばやられる前にやるしかない。拳銃を握った拳《こぶし》に渾身の力をこめ、狙うのは心臓だ。

…生物共通の急所。うまく抉《えぐ》れたなら、倒せないまでも、助けが来るまでの時間くらい稼げるだろう。銃弾でもかすり傷すら負わせられなかったのだから、あの警官の二の舞を踏むかもしれないが──。

「……えっ……？」

拳銃を握り込んだ拳に、ぐにゃり、と意外なくらい柔らかな感触が伝わってきた。凶暴な獣の肉体ではなく、粘土か何かを押し潰した時のような。

「ウ……ッ、ウオオオオウッ！」

妖鬼は素早く後ずさり、虎面を苦悶《くもん》に引きつらせる。あの何とも手応えの無い一撃は、確かに化け物にダメージを与えたのだ。

……拳銃でも、びくともしなかったのに？

呆気《あっけ》に取られる紀斗の隙を、怒れる妖鬼は見逃さなかった。胸にめり込んだままの拳を、がしいっと手首ごと鷲摑《わしづか》みにする。

「うわ…っ…」

決して華奢《きゃしゃ》ではないはずの身体が、軽々と吊《つ》り上げられた。弾みで革靴の脱げた爪先が空を切り、這《は》い上がる冷気に紀斗は首をすくめる。このまま、さっきの警察官のように叩き付けられてしまうのか。

通報を受けたはずのパトカーは、未だ到着する気配すら無い。聞こえてくるのは逃げ惑う人々の悲鳴や車がそちらこちらでぶつかる音、そして……ヘリコプターの羽音……？

「……っ！」

足元に大きな影が差した。ばっと見上げた空から、青くペイントされた小型ヘリがエンジンを唸《うな》らせながら急降下してくる。

勢い良く開いたドアから飛び降りざま、黒いライダースーツを纏った細身の女が拳銃を放った。さっきの警察官が所持していたものよりずっと小型のそれから発射された弾丸は、針の穴を通すような正確さで紀斗を吊り上げていた妖鬼の腕を貫く。

ぶしゅううっ、と赤黒い血が吹き出した。

「オオオウウンッ！」

激痛に喚き、ぶんぶんとやみくもに振り回された腕から、紀斗は乱暴に放り出された。

「これ以上被害の出る前に潰します。皆、武器を取りなさい」

地面に転がる紀斗には一瞥《いちべつ》もくれず、着地したライダースーツの女は次々とヘリから降りてくる女たちに命じる。

はいっ、と応じた女たちがめいめいの武器を構え、何も恐れず妖鬼の巨体に襲いかかっていくのを、紀斗はただ呆然《ぼうぜん》と見守っていた。


「のりくん、無事で良かった……！」

取調室を出るや、小柄な女性が駆け寄ってきた。頭一つ小さい華奢な身体を、紀斗は難無く抱きとめる。

「真由…、来てくれたのか」

「何言ってるの、婚約者なんだから当たり前でしょ。のりくんが妖鬼に襲われたって聞いて、私…、心臓が止まりそうになったんだからね」

大きな瞳を潤ませる真由は、総務の制服にカーディガンを羽織っただけだ。勤務中に一報を受け、とるものもとりあえず警察署に駆け付けてくれたらしい。

「心配かけてごめん。でも、俺は怪我《けが》一つ無かったから」

ほら、と紀斗は腕を広げてみせるが、真由は綺麗に描かれた眉をきゅっと寄せる。

「さっき、お巡りさんから聞いたよ。のりくんは自分から妖鬼に向かっていって、殺される寸前だったたって。…どうして、そんな危ないことをするの？」

「真由……ごめん。俺を助けようとしてくれた交番のお巡りさんを、どうしても見捨てられなかったんだ」

「わかってる…わかってるけど、のりくんは優しすぎるよ。もしものりくんに何かあったら、私は…」

真由の頬を伝う涙に胸が疼《うず》くのは、嘘《うそ》を自覚しているせいだ。あの警察官を見捨てられなかったのは本当だが、それだけではない。

――のりと。

もしも警察官を見捨てて逃げたらあの子に顔向けが出来ないと、とっさに思ってしまったせいだ。もはや紀斗の記憶の中にしか存在しない少女に軽蔑《けいべつ》されたくなくて命を懸けただなんて、婚約者である真由に言えるわけがない。

結局、紀斗に出来るのはひたすら謝ることだけだ。

「ごめん、真由。俺が悪かった」

「あんなこともう二度としないって、約束してくれる？　のりくんは天喰の一族でも、男の人なんだから…妖鬼には絶対、敵うわけがないよ…」

妖鬼。

紀斗を命の危機に陥れた異形の化け物は、今日初めて人の世界に現れたわけではない。諸説あるが、おおむね戦国時代末期だろうと言われている。巨大な蟲《むし》や様々な獣の姿をとり、どこからともなく湧き出ては人間を喰らってきた。

刀や弓矢、火縄銃や大砲、果てはライフルや重火器にいたるまで、人間はその時代の最高の武器で対抗してきたが、異形の硬い皮膚にはほとんど効果が無かった。重機関銃を斉射しても、ほとんどダメージは与えられないそうだ。奇跡的に捕獲に成功した個体の解剖もされたが、現代科学をもってしても解析不能な組織や器官ばかりで構成されており、研究者は軒並み自信を喪失するはめになったらしい。

だが一握りの術者の一族に生まれた者だけは、原理は不明ではあるものの、いかなる武器でも妖鬼に大きな傷を負わせることが出来た。訓練された自衛官が重火器を駆使して牽制《けんせい》するのがやっとの大型妖鬼でも、術者の家系の者ならば、ナイフで致命傷を与えられるのだ。

普通の人間が一生のうちに妖鬼に遭遇する確率は、交通事故に遭うのと同程度だと言われている。

一度も妖鬼の危機にさらされないまま死ぬ人間の方が圧倒的に多いわけだが、警察も自衛隊もまともに歯が立たない化け物など、出現が低確率であろうとじゅうぶんな脅威だ。現代の社会活動において、妖鬼出現のリスクには常に備えざるを得ない。小中高の避難訓練には、妖鬼と遭遇してしまった場合を想定した訓練も盛り込まれている。

妖鬼に対抗出来る数少ない一族——妖鬼退治の一族は、人間を妖鬼から守る唯一にして最後の砦《とりで》だ。その存在価値は高まる一方であり、資産家はこぞって伝手《つて》を得ようとする。妖鬼が出現した時、優先的に守ってもらうために。

妖鬼退治の一族の一員に生まれれば、どんな分野でも成功を約束されたようなものだ。実際には妖鬼退治が出来るほど濃い血の主ではなくても、誰もが一族との繋がりを求めて機嫌を取り結ぼうとするからである。

そして紀斗は妖鬼退治の一族の筆頭とも謳《うた》われる天喰家の分家、八奈木家に生まれた。分家と名乗ることすらおこがましい血の薄い家だが、一族は一族だ。妖鬼の危機にさらされたこのご時世、普通の人間ではありえないほどの厚遇を受けてきた。……母と姉だけは。

天喰家はかつて、海辺の小さな村を治める村長の家だったという。だが数百年前、傷付いた神が浜辺に流れ着いた。慈悲深く信仰心篤い村長は娘に命じ、ねんごろに介抱させたそうだ。

やがて回復した神は村を去るにあたり、感謝の証《あかし》として力の一部を村長の娘に授けていった。以来、村長の一族には女しか生まれなくなったが、彼女たちはみな神の力を受け継いでいた。

神の力を持つ者は、妖鬼退治に絶大なる力を発揮する。依頼を受けては妖鬼を打ち払い、多額の報酬や権力者との伝手を持ち帰る彼女たちはやがて巫女《みこ》と崇められ、村を繁栄させた。今では妖鬼退治の一族と言えば、誰もが真っ先に天喰家を想像するだろう。

しかしどういうわけか、神の力を受け継ぐのは女だけだった。血の薄まった分家には時折男が生まれることもあるが、巫女たちのように近い未来の出来事を言い当てたり、失せ物《う》のありかを捜し出すのはもちろん、妖鬼の退治も叶《かな》わなかったのだ。男は完全なる役立たず。天喰家が女性至上主義になるのは、当然の流れだった。

末端に過ぎない八奈木家ではそこまで露骨な差別を感じたことは無いが、本家に近い筆頭クラスの分家に生まれた男はたいていが精神を病み、病院か実家の一室に閉じ込められて一生を終えるらしい。

——三時間ほど前。

文字通り空から舞い降りた女たちによって、虎頭の妖鬼は五分もかからず倒された。拳銃の弾すら通じなかった皮膚は女たちの振るう刀や槍、弓矢にやすやすと切り裂かれ、穴を空けられ、この世のものとは思えない断末魔の叫びを上げて動かなくなった。

だが、被害は決して小さくない。交差点の事故ではトラックとミニバンの運転手を含め十一人が死亡し、六人が重傷を負って未だ入院中だ。

紀斗は幸いにも無傷だったのだが、駆け付けた警官隊に出頭を求められた。無謀な突撃を咎《とが》められるのかと思いきや、予想外の質問を投げかけられたのだ。

『貴方が同行していた男性によって、妖鬼の前に突き飛ばされたというのは事実ですか？』

あの警察官と一緒に病院へ搬送された被害者の中に、紀斗が高野に突き飛ばされる瞬間を目撃したという男性が交じっていたらしい。

妖鬼は常人の手には負えない天災と同じ扱いだから、妖鬼絡みの事件で被害が発生しても、一般人が法的な責任を問われることは無い。しかし、故意ならば別だ。高野が避難中の不可抗力で紀斗を押してしまっただけなら無罪だが、悪意を持ってわざと突き飛ばしたのなら、傷害や殺人未遂の罪に問われる可能性が出て来る。

『…押されたのは事実ですが、高野さんはパニックになりかけていましたから、わざとではなかったと思います』

迷った末、紀斗はそう証言した。高野を庇ったわけではない。正直、突き飛ばされた時にはかなり強い悪意を感じたが、これ以上高野の理不尽な恨みを買いたくなかったのだ。

その後刑事からいくつか質問を受け、取り調べはようやく終了した。命の危機からどうにか脱出した直後に、長時間の取り調べだ。仕方の無いことではあるが、身体も心も疲れ果ててしまった。紀斗を助けてくれたあの警察官が病院で一命を取り留めたと教えてもらえたことだけが、唯一の救いだ。

「わかった、約束する。もう二度と真由を悲しませるような真似《まね》はしないから、信じてくれ」

神妙に頷きながら、紀斗はまだかすかに痺《しび》れているような右手を握り込む。

……俺、あいつを殴ったんだ……よな？

ぐにゃりとした奇妙な感触が、いまだに残っている。

……血の濃い一族の女…巫女でなきゃ、神の力は受け継がないんじゃなかったのか？

神の力を受け継がない男が、妖鬼を退治するのは不可能のはずだ。だがあの虎面の妖鬼は警察官に撃たれてもびくともしなかったのに、紀斗の拳には明らかにダメージを受けていた。だから怒り狂い、反撃に出たのだ。術者でなくても、大型の重火器なら怯ませることくらいは出来るそうだが…。

……俺の拳が、機関銃とか大砲よりも強いって？

そんなわけがない。きっとあれは死に最も近付いた脳が見せた幻覚だ。神の力を受け継ぐのは女だけ。男の紀斗は妖鬼の前には無力な存在でしかない。あの女も、そう忠告していったのだから。

真摯《しんし》な気持ちが伝わったのか、真由はようやく表情をやわらげた。

「…わかった、のりくんがそこまで言うなら信じるよ。月重様も、無事に結婚式を迎えられるよう特別に警護を付けるとおっしゃって下さったし」

「…月重様が？」

今まさに思い描いていた女の名前にどきりとするが、真由はふふっと無邪気に笑う。

「ええ！　さっき、わざわざ電話を頂いたの。これも何かの巡り合わせだから、私とのりくんを式まで守って下さるって。…月重様じきじきに助けて頂けたなんて、不謹慎だけど、羨ましいわ」

天喰月重は現当主・月予《つきよ》の孫娘であり、次期当主間違い無しと言われる優秀な巫女でもある。虎頭の妖鬼に殺されかけた時、ヘリから舞い降りた黒いライダースーツの女だ。警察からの協力要請を受け、ヘリで急行したのである。

成長するにつれ本邸の年賀の宴には参加しなくなったから、顔を合わせたのは十年ぶりくらいだっただろうか。我ながら小さいとは思うが、幼い頃さんざんいびられた身としては、真由のようにうっとりすることも素直に感謝することも出来そうにない。月重にとっては紀斗など取るに足らない身だと、わかっていても。

「…助けて頂いたのは事実だけど、ほとんどお話も出来なかったよ」

「それだけでもじゅうぶん羨ましいわ。小さい頃はお正月にお会い出来たけど、今は同じ巫女か近い分家じゃないとお目通りは難しいもの。…あ、忙しくて式に参列は出来ないけど、祝電は送って下さるって。招待客の皆さん、きっと驚かれるわね」

「……そうだね」

本家の当主が分家の、それも役立たずの男の結婚式に祝電を送るなんて、普通はありえない僥倖《ぎょうこう》だ。

しかし紀斗は、真由のように無邪気に喜ぶ気にはなれなかった。何かの巡り合わせだから警護を付けてやろう——月重はそんな親切な女ではないと、身にしみて理解していたからだ。あの女は紀斗を、いや男という生き物を蔑視している。役立たずの一族の男を守ってやろうというからには思惑があるはずなのだが、いったい何なのか見当もつかない。

「……って。ねえ、のりくんはそれでいいの？」

「あ、…何？」

ふと我に返れば、真由がピンクのグロスを塗った唇を尖《とが》らせていた。考え込んでいるうちに、話題が移っていたらしい。

「もう、だから高野さんのことよ。あの人、のりくんを身代わりにして逃げた後、しゃあしゃあと会社に戻って来たの」

あの駅に妖鬼が出現したことは速報でさかんに報道されていたから、無事に逃げ帰った高野は当初皆から心配され、いたわられたそうだ。

だが刑事が紀斗の話の裏を取るべく事情聴取に現れると、風向きは一変した。紀斗とは逃げる途中ではぐれてしまったと説明していたのに、身代わりにして逃げたらしいと知れ渡ってしまったせいだ。わざとではなかったと紀斗が証言したため罪に問われることは無く、刑事も帰っていったそうなのだが…。

「皆、あの人がのりくんを身代わりにしたんだって言ってるわ。のりくんがつらく当たられてたことは、誰でも知ってるから。…私も、そう思ってる。だからあんな人なんて首にして欲しいってパパにお願いしたんだけど、証拠も無いのに解雇なんて出来ないって言うの」

「…いや、それは社長が正しいよ。こんなことで首だなんて…」

「だから、のりくんは優しすぎるんだよ！　…私たち、来月には結婚するんだよ？　あんな人のせいで、全部台無しになるところだったのに…」

いつもおっとりと微笑《ほほえ》んでいる真由が、こんなふうに声を荒らげるのは珍しい。正直ぎょっとしたけれど、それも自分を心配してくれるがゆえだと思えば、あたたかい気持ちが湧いてくる。

結婚に積極的だったのは真由の方だ。お互い成長してからは顔を合わせることもろくになくなっていたが、新卒で就職した会社で再会し、向こうから告白されて交際を始めた。

男子校育ちの紀斗は女性と付き合った経験は皆無だ。何の面白味も無かっただろうに、そこがいいと思ってもらえたのか、交際して一年足らずで結婚を切り出された。父の会社に入りはしたものの、キャリア願望は無く、早く結婚して専業主婦になりたかったのだそうだ。

紀斗と交際を始めてすぐに結婚するならこの人しか居ないと思い、ひそかに両親とも話し合って式の準備もしていたという。鳴海の社長令嬢なら式まで一年以上かけるのが普通だろうに、一日も早く紀斗の妻になりたいという真由の希望で、プロポーズから挙式まではたったの一月、来週挙式というスピード婚だ。

話を聞いた紀斗の両親は最初こそ早すぎやしないかと驚いたが、こんないい話は無いと喜び、祝福してくれた。巫女になれるほど濃い血の主ではないとはいえ、真由は天喰の一族だ。彼女と結婚すれば、紀斗の一族内での立場も少しはましになる。

正直、真由や周囲の熱意に流されているような気持ちが拭《ぬぐ》えなかったけれど――。

「…ありがとう、真由」

むくれる真由を抱き寄せ、華奢な身体の温《ぬく》もりを味わう。

……大丈夫。大丈夫だ。俺はこの子を愛せる。…愛していける。

「俺のために怒ってくれてありがとう。……愛してる」

「……のりくん……」

無防備な肩口に顔を埋めれば、甘い匂《にお》いがした。あの子とは違う、人工の香水の匂いだ。

――ねえ、のりと。らいねんもまた、あえる？

抜けない棘のように突き刺さった面影を、紀斗はきつく目をつむって追い出した。

月重が手配した警備に通勤を見張られたり、周囲の冷ややかな空気に耐え切れなくなった高野が辞表を提出したりと小さな事件は起きたが、それ以外は何事も無く一週間が過ぎた。無事に結婚式当日を迎えた紀斗と真由は、都内の結婚式場に向かう。時間は朝の八時。昨日は緊張してなかなか寝付けなかったから、もう少し眠っていたかったのだが、新郎新婦は式までにやらなければならないことが山ほどある。

「おはようございます。さっそくお支度を始めますので、控え室へどうぞ」

「あ、はい。…じゃあのりくん、後でね」

出迎えてくれたスタッフに連れられ、真由は控え室に入っていった。紀斗が案内されたのは、その隣の小さな控え室だ。同じ部屋でも支度は出来るのだが、花嫁姿は式の直前まで見せたくないからと、真由が別室を希望したのである。

プール付きのプライベートガーデンを備えたこの結婚式場も、ウェディングドレスやアクセサリー、色直しのドレスにいたるまで、選んだのは真由だ。紀斗も付き合いはしたが、ただ隣に座っていただけである。

今日も紀斗はせいぜい自分でモーニングを着て、髪を整える程度だが、真由はこれから二時間近くかけて準備をするのだ。つくづく、結婚式とは女性が主役である。男はただの添え物だ。そこは天喰家と変わらない。

「…結局、駄目だったな」

久々に月重と再会したのが呼び水になったのか、この一か月は毎日のようにあの子を思い出してしまっていた。今日はあと二時間もすれば皆に祝福され、真由と正式な夫婦になるというのに、不誠実にもほどがある。

……あの女は結局、何がしたかったんだ？

月重が差し向けた警護役は、ただ紀斗の動向を朝から晩まで遠くから見守るだけだった。何の事件も起きなかったからだと言われればそれまでだが、あれでは警護役というよりは監視役ではないか。

紀斗がそう疑問をぶつけると、両親や姉は『お前のどこに監視する意味があるんだ』と呆《あき》れた。せっかくの月重の厚意を疑うなんて、不敬だとも。不敬かどうかはさて置いても、紀斗に貴重な人手を割いてまで監視する価値が無いのは確かだ。だったらいったい、何のために？

『まっとうな人生を歩みたければ、身のほどをわきまえることね』

巫女たちと共に引き上げる間際、わざわざ忠告していった月重の嘲笑が頭を離れない。あの傲慢《ごうまん》な黒い目に、紀斗はごみくずか何かのようにしか映っていなかった…。

……やめよう。今日は結婚式なんだから、真由のことだけ考えるようにしなければ。

思考が堂々巡りに陥りかけ、紀斗は剣道の師範から習った呼吸法をなぞり始めた。何度も深呼吸をくり返すうちに、心はだんだん凪《な》いでいく。

やがて完全に落ち着くと、式場のスタッフが用意しておいてくれたモーニングに着替え、慣れない整髪剤やドライヤーを使って髪をセットした。

真由は紀斗にもヘアメイクをさせたがったが、それだけは必死に頼み込んで勘弁してもらった。その代わり、ヘアセットをみっちり習わされてしまったけれど。

「こんなものか……？」

悪戦苦闘の末どうにか格好がつき、大型の姿見で全身を確認してみる。ふだんはめったに前髪を上げたりしないから違和感が強いが、真由に習った通りにセットしたのだから大丈夫だろう。もうすぐ両親と姉が来る予定だから、おかしければ指摘してくれるはずだ。

紀斗はえんじ色のビロードが張られた椅子に深く腰かけ、冷蔵庫に入っていたスポーツドリンクを飲んだ。慣れないことばかりしたせいか、軽い疲労を覚えている。稽古ではいくら竹刀《しない》を振っても乱取りをしても、疲れたことなんて無いのに。

いよいよ今日に迫った、真由との初夜も原因かもしれない。交際中には何度もそういう雰囲気になったし、キスや軽い触れ合いなら何度もしたが、行為の最後までは一度も及ばなかったのだ。

紀斗は今まで、真由以外の女性と付き合ってはこなかった。つまり正真正銘の童貞だ。初めての行為が花嫁との初夜だなんて、ハードルが高すぎやしないだろうか。

友人たちには武士だの修行僧だのと揶揄《やゆ》されるが、紀斗にだって人並みに性欲はある。ただ、その気になれなかっただけなのだ。学生時代、可愛《かわい》い女の子に告白されても、真由と付き合い始めてからも。

……あの子より綺麗な子なんて、居なかったから……。

思い出してはならない面影が、また鮮やかに花開きそうになる。紀斗は繊細な彫刻が施された椅子のアームに肘《ひじ》をつき、きつく目をつむった。…しっかりしなければ。こんな調子では初夜はおろか、式も乗り切れない。

紀斗側の出席者は家族と友人、幼い頃から通っている道場の関係者くらいだが、社長の娘であり天喰一族の女子でもある真由側の出席者には、義父が張り切って招待したお偉方が目白押しだ。何か粗相をすれば、真由にも義両親にも恥をかかせてしまうだろう。

癒《いや》されたはずの渇きがにわかにぶり返す。テーブルのペットボトルを取ろうとして、紀斗はがたんと立ち上がった。蹴倒《けたお》された椅子が背後で倒れ、何かにぶつかって大きな音をたてるが、確かめる余裕すら無い。

「……誰、だ」

ひくつく喉《のど》からようやく絞り出した誰何《すいか》に、少年はふわりと微笑んだ。

少年――そう、少年だ。ついさっきまで控え室には紀斗一人だけだったはずなのに、まぶたを上げた瞬間、見知らぬ少年が紀斗を見下ろしていた。

……こいつ、どこから入ったんだ⁉

奥のドアは閉まったままだし、ここは三階だ。鍵が開いていても、窓から侵入するのは難しいだろう。そもそも、こんなに接近されるまで紀斗が少年の存在に気付かなかったこと自体がおかしいのだ。普通の人間なら、一歩近付いたとたん、武道で鍛えた紀斗の鋭い感覚に引っかかっている。

いきなり湧いて出たのを差し引いても、少年はあらゆる意味で普通ではなかった。

まず服装。光沢のある白い細身のスリーピーススーツは、結婚式の招待客としては最大級のマナー違反である。白は花嫁だけの色なのだ。今日、この式場は紀斗たちの貸し切りだから、他の会場で式を挙げるカップルの新郎ではありえない。第一、新郎としては若すぎる。せいぜい十六か十七、多く見積もっても十八歳くらいだろう。

次に顔。初めて見た時は人形かと思った。いや、今でも思っている。どんな美男美女でも人間の顔には多少の歪みがあるものだが、少年には皆無だったのだ。美に憑《つ》かれた人形師が命と引き換えに作り上げた人形に、魂が宿った。そう説明されても納得してしまいそうなほど、少年の顔立ちは整っていた。あえかな笑みに彩られていなければ、紀斗も直視出来ないかもしれない。恐ろしくて……眩《まぶ》しすぎて。

そして髪。肩を過ぎ、腰まで届くほど長い黒髪の十代男子など、現代ではめったにお目にかかれまい。風も無いのにさらさらと揺れる髪は月の光を溶かし込んだようにつややかで、閉ざしたはずの記憶の扉を軋ませる。

——のりと。

「のりと……」

甘くたどたどしい囁《ささや》きと、大人と子どもの狭間《はざま》をたゆたう声音が重なった。

紀斗はこんな生き人形めいた美少年に知り合いなど居ないが、紀斗を知っているということは、真由側の招待客の一人なのだろうか。若いから、まだ結婚式のマナーを知らなかった？

「良かった。…間に合った」

ぐるぐると忙《せわ》しなく頭を回転させる紀斗に、少年は一歩、足音もたてずに近付いた。

とっさに後ずさってしまい、紀斗は驚愕《きょうがく》する。武道のたしなみがあるとも思えない丸腰の相手に、何を怯《おび》えているのか。身長では劣るが、体格では確実にこちらが勝っているのに。

「……来るな……、こっちに、来ないでくれ……」

後れを取る要素などどこにも無い。頭ではわかっていても、口をつくのは弱々しい拒絶ばかりだった。

積もったばかりの雪のように白く綺麗すぎる少年の笑みに、かすかな色が滲《にじ》む。それが欲情だと理解したのは、一瞬で距離を詰めた少年が胸元に飛び込んできた後だ。

「う…、わ……っ…⁉」

黒髪から漂う花とも果実ともつかない甘い匂いが鼻腔に入り込んだとたん、両脚からくたくたと力が抜けた。まるで強い酒を一気に呷《あお》った時のようだ。踏ん張りがきかなくなり、崩れ落ちそうになった紀斗を、赤いビロードの椅子がやわらかく受け止める。

……えっ……？

椅子はさっき蹴倒してしまったはずなのに、何故――疑問に思う暇も無く、腰かけた紀斗の膝に少年が乗り上げてきた。股間をまたぐ格好で向かい合い、モーニングジャケットの上から左胸をそっと撫でる。

「あっ……」

こぼれ出た喘《あえ》ぎの甘さに、くらりとする。…まだ、服越しに触れられただけだ。たったそれだけなのに、自分は何を。

「のりと…、…ああ、のりと…」

だが、恥じらう必要は無かった。しなだれかかってくる少年の身体は白いスーツ越しにもそうとわかるほど火照《ほて》り、擦《こす》り付けられた股間は硬く滾《たぎ》っていたのだから。

「……おま、え……?」

からからの喉を震わせれば、少年は頬を淡く染めて微笑んだ。その胸元に飾られた百合《ゆり》のコサージュも、シルクのシャツもタイも、全てが白い。花嫁のための色。

……ああ、そうだったのか。

唐突に理解した。少年が白一色の装いに身を包んでいるのは、マナーを知らないからではない。自分こそが紀斗の花嫁だと、主張するためだったのだと。

どくどくと脈打ちながら重なる二人分の鼓動が、纏わり付くつややかな黒髪が、ウエストコートのボタンを外していく男にしてはしなやかな指先が、甘い匂いの立ち込めた頭を蕩《とろ》かしていく。

時折浮かぶ違和感は紀斗だけを映す黒い瞳に溶かされ、飲まれてしまった。間近で見ても生きた人間だと信じられないほど整った顔が近付いてきて、紀斗は薄く唇を開き――。

「……あーっ！　ヒナ、こっちこっち！」

――控え室のドアの向こうから覚えのある声が聞こえた瞬間、開きかけのまま唇をぎくりと強張らせた。

あれは確か、真由の大学時代の友人だ。今日はもう一人の友人と余興で声楽を披露してくれるそうで、リハーサルのため早めに会場入りすると言っていた。…誰が？　真由が。真由って誰だ？　…真由は、真由は…。

「うわああああああっ……！」

絶叫と同時に、紀斗は膝の上の少年を突き飛ばした。背中から床に叩き付けられた少年は『ひどい』と言いたげに朱唇を引き結ぶが、詰《なじ》りたいのは紀斗の方だ。

……俺は今、何をしていた？

見ず知らずの少年と、キスしようとしていた。真由とは似ても似つかないのに、性別すら違うのに、花嫁だと思い込んで。もしも今我に返らなかったら、きっとキスだけでは済まなかった。少年を包む衣装を剝《は》ぎ、白くしなやかだろうその身体を…。

「…のりと…」

「……出て行ってくれ」

ゆっくりと起き上がった少年を直視出来ず、紀斗は顔をそむけた。本当は自分がこの得体の知れない生き物から離れたかったが、取り乱した状態で真由の友人たちに出くわしたら、怪しまれるに決まっている。

「すぐに出て行けば、君のしたことは誰にも言わない。でもこのまま留まるのなら、スタッフを…、…っ⁉」

モーニングコートの内ポケットからスマートフォンを取り出そうとするが、何故か右腕が動かない。

ぱっと振り返れば、右腕に細いワイヤーのようなものが何重にも絡み、椅子のアームに縛り付けられていた。渾身の力で引きちぎろうとしても、びくともしない。

「……お前が？」

応えの代わりに、少年はにこりと笑った。紀斗に話しかけられたのが嬉しくてたまらない、そんな無邪気さすら感じる笑顔だが、やっていることと言ったら無邪気とはほど遠かった。丸められたワイヤーを器用に巻き取り、紀斗の両脚を広げさせ、椅子の脚にくくり付けていくのだから。

もう一度突き飛ばして逃げようとも、自由な左手で助けを求めようとも思えなかった。頑丈そうなワイヤーを素手で簡単にちぎってみせる相手に、抵抗なんてきっと無意味だ。

「リハーサルの前に、真由んとこに顔出して来た方がいいかなあ？」

「やめとけば？　あの子、ウェディングドレス姿は旦那様に一番最初に見せたいって言ってたから」

「自分でデザイン画描いて、フルオーダーしたんだっけ？　生地とかレースとか、わざわざフランスから取り寄せたって。さすが鳴海のお嬢様だよねえ」

新郎の危機も知らず、真由の友人たちは外の廊下できゃっきゃっと楽しそうに話し続けている。こんな姿を見られるのは恥ずかしいが、もはや彼女たちに助けを求める以外、真由を裏切らずに済む道は無い。

「たす、…っ」

声を張り上げようと開いた紀斗の口に、少年はポケットチーフを突っ込んだ。乾いてひくつく唇を、白い指先で丹念になぞる。何度も何度も、寸前で取り上げられてしまった口付けの代わりのように。

「…のりと。……のりとを、僕にちょうだい」

ちゅっと頬に押し当てられた唇は、めまいがしそうなほどやわらかかった。触れられただけで肌の内側がかっと熱くなるなんて、真由とも経験が無い。

「ん、…んっ…」

ポケットチーフを吐き出すことも出来ず、首を振る紀斗の足元に、少年はおもむろにひざまずいた。椅子にくくり付けられた脚の間に入り込み、いそいそとベルトを外すと、コールパンツのファスナーを下ろす。

「ふ……ふ、ふふ、ふっ……」

わずかに湿った下着から紀斗のものを取り出し、少年はだらりと萎《な》えた肉茎に恍惚《こうこつ》と頬を寄せた。一度も陽に当たったことの無さそうな白い肌と浅黒い肉茎の対比は淫《みだ》らで、どくん、と高鳴った心臓がしたたかに胸を打つ。

「これが、のりとの色。のりとの匂い。のりとの感触。のりとの……」

「…う…、う、くっ…」

「……のりとの、味……」

さんざん頬を擦り寄せ、匂いを堪能した少年の唇から、紅い舌がちろちろと現れた。まさか、と背筋を震わせるより早く、少年はわななく紀斗の肉茎に嬉々《きき》として舌を這わせる。

「…う…っ…!」

丸められたポケットチーフ越しにこぼれた喘ぎは、快感に濡れていた。せっかく整えた髪が乱れるのも構わず、紀斗は唯一自由になる左手で頭を掻《か》きむしる。ともすれば吹き飛んでしまいそうになる理性を、どうにか引き留めたくて。

……馬鹿な。しっかりするんだ。

きつく瞑《つむ》ったまぶたの奥で、必死に思い浮かべる。今頃、紀斗のために美しく装ってくれているだろう真由。結婚を報告した時の、両親の嬉しそうな顔。天喰一族らしく高慢なところはあるが朗らかな義母に、寡黙な義父。真由と二人でさんざん悩んで決めた新居には、イタリアへの新婚旅行から帰ったその足で入る予定だ。真由はすぐにでも子どもが欲しいと言っていたから、早ければ来年には父親になるかもしれない。

……俺は、もうすぐ真由と結婚する。俺が関係を持っていいのは真由だけだ。

ぎりぎりと爪が頭皮に食い込む。強い痛みに安堵《あんど》の息を吐いた時だった。震える肉茎が、熱く濡れたやわらかいものにぬるりと包まれたのは。

「ふぅぅ……っん…！」

反射的に開いてしまった目と、こちらを見上げる少年の目が合った。白い指に捧《ささ》げ持たれた己の綺麗とは言えないものが、大きく開いた瑞々《みずみず》しい唇に根元まで銜《くわ》え込まれる。いや、喰われていく。

――のりとを、ちょうだい。

つやつやと光る黒い瞳が囁いた。長い髪は美味《うま》そうに肉茎を味わう少年の動きに合わせ、生きた蛇のように鎌首をもたげ、コールパンツ越しに紀斗の両脚に絡み付く。理性や羞恥《しゅうち》ごと、紀斗をからめとるために。

「んん…、んっ…、うう、う、ううっ」

無数の蛇によってたかって丸呑《の》みにされる自分を想像してしまい、紀斗は股間でうごめく少年の頭を左手で押さえる。…失敗だったと、すぐに悟った。少年は紀斗から触れてくれた喜びに美貌を輝かせ、すぼめた頬で肉茎を扱《しご》き始めたのだから。

「…ふぅぅっ！　う、んんっ…」

ぶんぶんと首を振り、少年の頭をどかそうとするのも逆効果だった。

引き離されまいと吸い付く、粘膜の熱さ。どこまでもやわらかなものに包まれ、愛《め》でられる未知の感覚に、脳細胞が焼き溶かされる。全身の血が沸騰し、肉茎に流れ込んでいく。肌の奥底に秘められていた快感を引きずり出され、高められて——。

「……ふぁ、あっ⁉」

もうすぐ絶頂にたどり着く寸前で、少年はゆっくりと顔を上げた。

あと少しだったのに、どうして。不満たらたらの紀斗に微笑みかける顔は、紀斗から引きずり出した官能を貪《むさぼ》り喰ったかのように艶《つや》を増している。

——ごくり。

物欲しそうに唾を飲む音は、紀斗以外のものではありえない。少年は紀斗の先走りに濡れた唇を吊り上げ、ジャケットを脱いだ。ベルトを抜き去り、革靴を脱ぎ捨てる。

「……、…う……」

白のタックパンツが一息に脱ぎ落とされるや、ひくり、と喉がひとりでに上下した。すらりとした両脚のみならず、麗しい外見とは裏腹な大きさを誇るモノ…脈打つ逞《たくま》しい雄が反り返った股間までもが露わになったせいで。

……下着をつけずに、ここに来たのか。

何のため？　自分に愛されるためだと悟ったとたん、ずくん、と肉茎が疼いた。少年の均整の取れた下肢から目を離せないけれど、見なくてもわかる。自分の肉茎は今、腹につくほど怒張しているのだと。

「……のりと……」

たどたどしさの残る囁きは、極上の愛撫《あいぶ》に等しかった。

向かい合う体勢で膝にまたがってくる少年を、紀斗は熱に浮かされたように受け止める。左手を使い、突き放そうとは思わなかった。思えるはずがなかった。解放を求めてすすり泣く肉茎の先端を、少年のやわらかな尻のあわいにあてがわれてしまっては。

少年は後ろ手で支えた紀斗の肉茎に、腰を落としていく。

「…ふ…う、う、んっ……」

勃起《ぼっき》した性器を他人の媚肉《びにく》に包まれる生まれて初めての快感は、時折する拙《つたな》い自慰など比べ物にならなかった。少年の中はきつく締め上げてくるくせにしっとりとやわらかく濡れ、奥へ奥へと紀斗を淫らに誘う。

いくら紀斗でも、男同士のセックスに準備が必要だという知識くらいはあった。初心者がそう簡単に繋がれるわけではないということも。この少年はいつもこうやって紀斗のような男をたぶらかし、肌を重ねているのだろうか。

「あ…、…あ、…っ…」

嫉妬《しっと》混じりの苛立《いらだ》ちは、少年の唇からこぼれたあえかな呻きにかき消された。わずかに寄せられた眉、長いまつげに滲んだ涙。小刻みに震える下肢は、少年もこの行為に慣れているわけではないと示している。

「……のり、と」

ふいに少年は動きを止め、じっと紀斗を見詰める。

何があったのかと思ったが、何かしていたのは自分だった。椅子のアームを摑んでいたはずの左手が少年の背後に回され、意外にしっかりと筋肉のついた背中を撫でていたのだ。いたわるように。……誘うように。

手触りのいいウエストコート越しに背中を撫で下ろすたび、見開かれた少年の瞳に狂おしい光がどろどろと渦を巻いていく。まずい、止めろと本能は警告を放つが、少々遅すぎた。

「う…あ、…のりと、……のりと、のりと、のリト、ノりと、…紀、斗」

たどたどしかった口調はどんどんなめらかになり、きちんと発音出来た名を甘い飴《あめ》でも舐《な》め転がすように味わいながら、少年は一気に腰を下ろした。根元まで包まれた瞬間、紀斗は押し寄せてきた絶頂をどうにかやり過ごそうと顔を逸《そ》らすが。

「……駄目、…です、よ」

容赦無く甘い囁きに、無理やり引き戻された。笑みの形に歪んだ少年の瞳に映る紀斗は、恐怖と嫌悪…そして隠し切れない歓喜に頬を引きつらせている。

「んんん…っ、ん、んー…っ…」

「僕は…、貴方のものになるために、来たんです、から」

「ん――――っ！　んぅぅぅ―――っ！」

紀斗は椅子ごとがたがたと身体を揺らすが、それは紀斗を深くまで迎え入れた少年にさらなる悦楽を提供するだけだった。濡れた腹の中を熱い肉茎に突き回され、少年は引き締まった腰をくねらせる。

「ねえ…、早く、下さい」

悪魔の誘惑だった。ただの人間には、決してあらがえない。

「僕の中を、紀斗でいっぱいにして……」

「う……っう、ん、……んぅぅぅー…っ…！」

ちぎれそうな勢いで振る頭に、するりと長い腕が回される。抱き寄せられ、熟れた果実にも似た甘い匂いを吸い込むのと、必死にせき止めていた熱が解き放たれるのはほぼ同時だった。

……俺は…、真由を……。

荒い呼吸に、遠くから聞こえてくるパイプオルガンの音色が混じり合う。

真由がどうしても生演奏でバージンロードを歩きたいと希望したため、式場にオルガニストを手配してもらったのだ。手配されたオルガニストが本番前の練習をしているのだろう。優雅で重厚な調べは、確かワーグナーの結婚行進曲だったはず。真由に何度も聴かされ、覚えてしまった。

この曲が鳴り響く中、ウェディングドレス姿の真由の手を取り、バージンロードを歩く予定だったのに。

……真由を、……裏切ってしまった……！

「……ふ、ふ」

絶望に震える紀斗のおとがいをそっと掬《すく》い上げ、少年はこんな時でさえ見惚《みと》れてしまいそうな美貌に歓喜をしたたらせる。その瞬間に襲ってきた衝動を、何と表現すればいいのだろう。

憎い、怖い、疎ましい、悲しい……美しい、美しい、美しい。

「嬉しい……」

「…っう、う、うっ、うっ…」

「これで僕は、紀斗のもの。…そんなに泣いて、紀斗も嬉しいんですね？」

宝石よりもきらめいて美しいのに、少年の目は狂っているに違いない。屈辱と絶望に全身を震わせる紀斗が、喜びにむせび泣いているように見えるなんて。

「もっと、下さい」

少年は紀斗の耳朶《じだ》に唇を寄せ、だらりと投げ出されていた左手を己の股間に導いた。やんわりと握らされた少年のそこは粘ついた液体にまみれ、紀斗の指先をねっとり濡らす。中に出されて達したのだと否応無しに悟り、震え上がる紀斗を、少年はきつく抱き締める。銜え込んだままの肉茎を濡れた柔肉で扱きながら。

……まだ、搾《しぼ》り取るつもりなのか。

「う…っ、うう、うっ…」

もう許してくれと首を振ってどれだけ訴えても、聞き入れられることは無かった。中を侵されているのは少年だが、蹂躙《じゅうりん》されているのは間違い無く紀斗の方だ。自分よりも若く小柄な少年に押さえ付けられ、抵抗一つ出来ぬまま精を絞られるうちに、男としてのプライドはごりごりと削られていく。

パイプオルガンの旋律は、結婚行進曲からアメイジンググレイスに変わっていた。

……これは、罰なのかな。

二人分の喘ぎと荘厳な音色が混じり合い、もうろうとする意識の底から、少女の面影が浮かび上がる。

……君を忘れて結婚なんてしようとしたから…、だから、俺はこんな目に……。

名前も知らない、けれど将来を誓い合った婚約者の真由よりも色濃く紀斗の心に刻み込まれた少女。

初恋を捧げた少女は、紀斗が中学校に上がった年の正月に消えてしまった。月重たちの目を盗み、いそいそと向かった土蔵に、彼女の姿は無かったのだ。

タイミングが合わなかっただけかと思い、天喰家を引き上げるぎりぎりまで待ったが、少女は現れなかった。次の年も、さらに次の年も、花の化身のように麗しい姿が紀斗の前に現れることは無かった。

どこかに移されたのか——それとも、命を落としてしまったのか。誰かに確かめることも出来ない。月重ならばあるいは何か知っているかもしれないが、紀斗には絶対に教えてくれないだろう。

悶々としていたのは、最初の二、三年の間だけだった。高校生にもなれば会うことも叶わない少女よりも、現実の生活の方が大切になっていったのだ。少女を守るために始めた武道が思いのほか自分に向いており、上達するのが楽しかったのも大きいだろう。

けれど、少女を完全に忘れてしまえたわけではない。幼いままの面影は紀斗の心に深く突き刺さり、ふとした瞬間疼いて甘い痛みをもたらした。…真由と交際を始めた時も、結婚を決めた時も。

……君は今でも、どこかで生きているのか？　それとも死んでしまって、魂だけがさまよっているのか？

無理やり絶頂への階段を駆けのぼらされながら、紀斗は遠い記憶に手を伸ばす。

……だから君を忘れて幸せになろうとする俺に、罰を与えたのか？

「…愛しています。近いうちに、必ず迎えに行きますから」

湿った髪をかき上げられ、甘く囁かれたような気がする。

「……ぎ、さま。……八奈木様？」

遠慮がちに肩を叩かれ、闇に沈んでいた意識が一気に浮上した。はっと目を見開く紀斗を心配そうに覗き込んでくる黒いパンツスーツ姿の女性は、今日一日、真由のサポートをしてくれる介添人だ。

「うわぁっ……！」

理解した瞬間、乾いた喉から悲鳴がほとばしった。

頭の中を、淫らな記憶がぐるぐると巡っている。見知らぬ少年に拘束され、強制的に交わされた。誓って紀斗から望んだ行為ではないが、事情を知らない者には紀斗が美しい少年に奉仕させ、愉《たの》しんでいるようにしか見えなかっただろう。…間も無く挙式を控えた新郎であるにもかかわらず。

「驚かせてしまい、申し訳ございません…！　何度かドアをノックしたのですが応じて頂けず、やむを得ず入らせて頂きました。ご気分がすぐれないようでしたら、医務室にご案内いたしますが…」

だが、申し訳無さそうに頭を下げる介添人は紀斗を気遣うばかりだ。控えめなメイクが施された顔に、驚愕や軽蔑の感情はまるで滲んでいない。

……これは……？

恐る恐る一面に鏡が張られた壁の方を向き、紀斗は愕然とした。赤いビロードの椅子に座った自分は、少年に襲われる前と寸分変わらない姿だったのだ。

さんざん首を振りたくったせいで乱れまくったはずの髪は綺麗にセットされたまま、真由が選んだモーニングにはしわ一つ無い。もちろん、コールパンツの前もしっかり閉ざされているし、ポケットチーフを噛《か》まされた口も自由になっている。性器だけを引きずり出され、少年にまたがられていいように腰を振られた痕跡《こんせき》は、どこにも残っていない。

まさか、緊張のあまり白昼夢でも見ていたとでもいうのか。

のろのろと吐き出そうとした息が、ひゅっと喉奥に逆戻りした。白いポケットチーフを入れていただけの左胸のポケットに、白い百合のコリージュが飾られていたのだ。白一色に身を包んだ少年が、ポケットにあしらっていたのと同じ…。

「…八奈木様⁉」

目を丸くする介添人に構わず、紀斗はむしり取ったコサージュを近くのダストボックスに叩き込んだ。

「すみません。ついうっかり、違うものをつけてしまったもので」

「さ、左様でしたか。素敵なブートニアですのに、もったいのうございますね」

「…ブートニア？」

聞き慣れない言葉に首を傾《かし》げれば、新郎が衣装の胸元に飾るコサージュをブートニアと呼ぶのだと教えてくれた。花嫁のブーケと対になるものだからだそうだ。

「たいていは花嫁様のブーケと同じお花で作られます。今日の花嫁様はカサブランカのブーケをお選びになりましたから、ぴったりだと思ったのですが」

「…いえ、これだけで結構です」

必死に平静を取り繕いながら、心の中では疑問と焦燥、そして苛立ちと恐怖がごちゃ混ぜになり、荒れ狂っていた。…あれは、白昼夢なんかじゃない。本当にあったことなのだ。全ての痕跡を消しておきながらブートニアだけ残していったのは、忘れるなという少年のメッセージに違いない。

「あの…、部屋に入った時、他に誰か居ませんでしたか？」

「……？　いえ、どなたもいらっしゃいませんでしたが……」

念のため聞いてみたら、案の定怪訝《けげん》そうに否定されてしまった。壁にかけられた時計を一瞥し、えっと出そうになる声を寸前で呑み込む。

……あいつが現れる前から、一時間しか経っていないだと？

紀斗の感覚では、二時間も三時間も絡み合っていたように……永遠に離れないように感じられたのに。

おかしいと言えば、現れ方からしてそうだ。このフロアには招待状を持つ人間しか入れないはずが、少年は紀斗の前にこつ然と現れた。近付く気配も、ドアが開く音すら聞こえなかった。

まるで、どこかから控え室に直接転移でもしたかのように。

「八奈木様、本当に大丈夫ですか？」

介添人が気遣わしげに問いかけてくる。鏡を見れば、前髪を上げた額はうっすらと汗ばみ、顔色は少し青ざめていた。紀斗は何度か拳を握っては開き、無理やり笑顔を作る。

「大丈夫です。すみません、ちょっと緊張してうたた寝していたもので、ぼんやりしてしまって」

「でしたら、良いのですが…」

まだ不安そうな介添人に用件を確認すると、真由の支度に予定より時間がかかっているため、真由側の親族へのあいさつも紀斗にこなしてもらえないかということだった。何かアクシデントでも起きたのかと思ったら、真由が直前になってドレスの仕上がりが気に入らないと言い出し、急きょデザインを変更することになったのだという。

「今から、デザインの変更ですか？　もうすぐ式なのに？」

「変更と申しましても少しレースを足す程度ですので、こちらのスタッフだけでも対応させて頂けます。八奈木様にご負担をかけてしまい、心苦しいのですが…」

「いえ、とんでもない。こちらこそ、申し訳ありません」

一生に一度のことですから、と介添人は言ってくれるが、直前でのドレスのデザイン変更なんて迷惑に決まっている。スタッフも大わらわだろう。夫になる身がフォローをしないわけにもいかず、紀斗は介添人の申し出を引き受けた。

　こんなことは誰にも言えないが、真由との対面が遅れるのは、今の紀斗にはありがたい。心と身体に刻み込まれた記憶を、少しでも追い出す時間が取れるから。…名前も知らない、あの子と同じだ。紀斗と相手の二人だけしか知らないことなら、紀斗さえ忘れてしまえば、きっと無かったことになる…。

　恐縮する介添人と共に親族控え室へ向かい、紀斗は到着していた真由の親族にあいさつをして回った。女性とも経験が無いのに、初めてであれだけ激しい行為に及んだのだ。疲労しきってろくに動けないかもしれないと不安だったが、予想に反し、何度も少年の中に精を放った身体は軽かった。

　疲れるどころか全身に生気がみなぎり、絶対に勝てなかった柔道の師範からも今なら一本取れそうな気がするほどだ。十代の頃でも、こんなに調子が良かったことは無い。普段あまり感情を露わにしない義父も珍しく上機嫌で、やはり結婚を決めると男は腹が据《す》わるのかなと笑っていた。

　これなら大丈夫。そう思った。少年の存在を知る者は紀斗だけだ。紀斗さえ己を保っていられれば、あの悪夢のような時間は誰にも知られぬまま、記憶の彼方に葬り去られるのだと。

　――けれど。

「お待たせ、のりくん」

義父にエスコートされ、ふんわりと広がるマリアベールを引きずりながら真由がチャペルの入り口に現れると同時に、紀斗の自信はあっけなく粉砕された。

急きょデザインを変更したというウェディングドレスはウエストから腰のラインにかけてリボンや大輪の花のコサージュが足され、リハーサルの時よりも華やかさを増している。オフショルダーの胸元を飾る大粒の真珠のネックレスに、白いシルクのロンググローブを嵌《は》めた小さな手が持つカサブランカのブーケ。オーガンジーのベールの向こうで微笑む真由は、幸福な花嫁そのものなのに。

——僕は…、貴方のものになるために、来たんです、から。

脳にこびりついた蠱惑的《こわくてき》な囁きがよみがえってしまったら、もう駄目だった。

マリアベールはつややかな長い黒髪に。ウェディングドレスは少年の細身を包んだ白の礼服に。カサブランカのブーケは紀斗の胸に残されていった百合のブートニアに、ネックレスの真珠はしっとりと汗ばんだ少年の極上の肌に。

置き換わっていく。……書き換えられていく。

「あ、……あ」

「…のりくん?」

『のりと、…のりと』

似ても似つかないはずの声までもが重なった瞬間、叫び出さなかった自分を誉めてやりたかった。…違う、お前じゃない。そんな台詞《せりふ》を叫んだら、式は始まる前に台無しになってしまったはずだ。

「…ごめん、真由。あんまり綺麗だったから、びっくりして」

たったそれだけ絞り出すのにどれほど努力が必要だったか、嬉しそうに破顔する真由には想像もつかないだろう。義父から真由を託され、腕を絡めると、控えていた式場スタッフたちがチャペルの扉を両側から開いた。

わっと沸く招待客の歓声。耳朶に吹き込まれた熱い吐息。荘厳なパイプオルガンの旋律。何度も紀斗を絞り上げた中の狭さ。

——…愛しています。近いうちに、必ず迎えに行きますから。

どこからが現実で、どこまでが記憶に刻まれた悪夢なのか。何もかもがあやふやなまま、紀斗は花嫁と共にバージンロードを歩き始める。白い花々で飾り立てられた祭壇までの道のりは、果てしなく遠かった。

残業を終えて帰宅すると、3LDKのマンションはどこも真っ暗だった。スマートフォンには何のメッセージも届いていないが、きっと真由《まゆ》は今日も友人の家か実家にでも泊まるのだろう。

もはや溜息《ためいき》すら出ない。紀斗《のりと》はざっとシャワーを浴びた後、冷蔵庫から出したビールと缶詰で遅い晩酌を始めた。すきっ腹にアルコールを入れるのは身体に悪いとわかってはいるが、自分一人のために料理をする気など起きない。

『…十三日未明、○○区の路上で通行人の男性が妖鬼に襲われました。逃走した妖鬼は、目撃者によれば中型の妖鬼と見られ…』

手持ち無沙汰《ぶさた》でテレビを点《つ》ければ、ちょうどニュース番組が始まったばかりだった。アナウンサーが原稿を読み上げた後、画面は事件を目撃した近所の住人たちのインタビューに切り替わる。

『怖いですよねえ。妖鬼なんて、このあたりじゃ一度も出たこと無かったのに』

『最初は大きな犬だと思ったんですよ。でもよく見たら頭が三つもあって、歩いてた男の人にガアッて飛びかかって…』

『慌ててお巡りさんを呼んだんですけど、駆け付けてくれる前に逃げちゃったんです。あれ、まだ捕まってないんでしょう？　怖くて買い物にも行けませんよ』

　画面が怯《おび》える住人たちからスタジオに戻ると、アナウンサーは棒グラフのフリップボードを取り出した。『妖鬼の出現数及び被害数』と題されたグラフは十年前から始まり、最初の五年くらいまでは横這《よこば》いだが、三年前から急に跳ね上がっている。

『ご覧の通り、妖鬼による被害はこの十年の間、上がり続けています。特に三年前は前年の二倍、今年にいたっては去年の五倍と、急激に上昇していますね。これは明らかに異常だと思うのですが、加藤《かとう》さんはいかがですか？』

　アナウンサーに意見を求められ、生真面目そうなコメンテーターは頷《うなず》いた。

『同感です。政府は否定していますが、「あちら側」に大きな異変が生じたというのは、もはや確定事項と判断して良いのではないでしょうか』

『そうなるとますます対抗手段である術者たちの運用が重要視されると思いますが、増加の一途をたどる妖鬼たちに対し、彼らの数が足りているとはとても言えません。今のところ妖鬼の出現は首都圏に集中していますが、いずれ地方にも出現するようになった時、現状のままでは不安しかありませんね』

　そこへ新たな評論家が加わり、ＣＭをまたいだ後は増加し続ける妖鬼たちへの対抗策を議論し始めた。ふだんならトップニュースになりそうな話題は全て後回しだ。それも当然だろう。政治家がいくら汚職に手を染めようと人気俳優が不倫しようと誰かの命が失われることは無いが、ひとたび妖鬼が現れれば必ず人が死ぬのだから。

ほんの少し前まで、妖鬼の存在は運が悪い人間だけが巻き込まれる交通事故のようなものだった。だが今や、普通に暮らしている誰もが遭遇しうる脅威だ。

「…三年前、か…」

ぼんやりとテレビを眺めながら、紀斗はテーブルに肘《ひじ》をついた。アルコールの回りだした頭に、屈辱にまみれた記憶がじわじわと滲《にじ》んでくる。

――三年前。

現実と悪夢を行き来しつつも、紀斗はどうにか結婚式を乗り切った。詰まりがちな言葉もぎこちない動きも、緊張ゆえと真由や招待客からは好意的に受け取ってもらえたようだ。披露宴の半ばでは月重《つきえ》からの祝電も読み上げられ、天喰《あまじき》家次期当主の覚えもめでたい夫婦の門出を誰もが祝福してくれた。

華やぎに満ちた賑々《にぎにぎ》しい空間で、自己嫌悪と焦燥をつのらせていたのは紀斗だけだっただろう。招待客に言祝《ことほ》がれるたび、真由が嬉《うれ》しそうに笑うたび、胸がずきずきと痛んだ。自分は真由を…祝福してくれる全ての人々を裏切ってしまったのだと、突き付けられて。

針のむしろに座っているような気分だった。だが本当の地獄は、披露宴の後――式場近くのホテルで待っていたのだ。

『……のりくん？』

薔薇の花びらがまかれたキングサイズのベッドの上、清楚《せいそ》なレースのネグリジェで横たわる真由に、何の衝動も欲望も感じなかった。ネグリジェを脱がせ、小柄な体格を裏切る豊満な胸が露《あら》わになっても、見かねた真由の小さくやわらかな手に奉仕されても、紀斗の性器はぴくりとも反応しないまま朝を迎えてしまったのだ。

『し、仕方無いよ。のりくん今日は緊張しっぱなしで疲れてただろうし、こういうこともあるって』

屈辱と申し訳無さに震える紀斗に、真由は優しかった。翌日、新婚旅行先のイタリアに向かう飛行機の中でも紀斗の気を引き立たせ、励ましてくれた。

だが、その思い遣りに応えたくて挑んだ二日目の夜…五つ星ホテルのベッドでも、今夜こそという紀斗の意気込みとは裏腹に、性器は沈黙を保ったままだった。翌日も、そのまた翌日も…日本に帰国し、新居での生活が始まってからも。

真由は嘆き悲しんだ末に心身のバランスを崩し、新婚早々、実家に帰ってしまった。義両親のもとで暮らす間、メンタル系の病院にも通っていたらしい。事情を聞いた義両親からは、浮気相手が居るのか、何か人には言えない特殊な性癖でもあるのかとさんざんに責め立てられた。どれも違うと反論すれば、専門の病院の診察を受けさせられた。

身体的な異常は無い、心因的なものだろうと医師には診断された。秘密は厳守するから心当たりがあれば話して欲しいとも言われたが、誰にも打ち明けられるわけがない。結婚式当日に見ず知らずの少年と関係を持ったなんて。真由に裸で迫られるたび少年の媚態《びたい》がちらついて、頭の血管がぶつりと焼き切れてしまいそうになるなんて。

煽情的《せんじょうてき》なナイトウェアを纏《まと》った真由よりも、下肢しかさらさなかった少年の方がはるかになまめかしかった。ねだられるがまま、熱く狭い中に何度も精を放った。花婿なのに押さえ付けられ、いいように扱われる屈辱と恐怖を、圧倒的な快感は凌駕《りょうが》した。淡白な性質だと思い込んでいた自分の中に、あんな欲望が潜んでいたなんて――。

また誰かと肌を重ねたら、相手があの少年でなくても、醜態をさらしてしまいそうで恐ろしかった。行為そのものを忌避するようになってしまった紀斗のもとに真由が帰って来てくれたのは、最後の賭《か》けだったのだろう。

けれど紀斗は結局、真由の縋《すが》るような思いに応えてやれなかった。処方された治療薬も、規則正しい生活や栄養バランスの取れた食事も、何の効果も無かったのだ。

…もう真由は泣き叫んだりしなかった。紀斗を責める代わりにあちこち遊び歩いては夫名義のカードで散財し、ろくに家に帰らなくなった。結婚して三年が経つ今ではホストクラブに通い詰め、ナンバーワンホストに貢いでいるらしい。

請求が全てこちらに回されても、怒りは湧いてこなかった。真由はただ、紀斗によって粉々に砕かれてしまった女性としてのプライドを癒《いや》しているだけだとわかっていたから。

末端とはいえ女性至上主義の天喰一族の娘として生まれ、蝶《ちょう》よ花よと育てられたのだ。夫に抱いてもらえず、夢見ていた幸せな新婚生活を台無しにされたショックは、紀斗の比ではないだろう。

そう、悪いのは全部紀斗だ。だからこの三年の間、顔を合わせるたび離婚を提案しているのだが、真由は何故かいっこうに受け容れようとしなかった。妖鬼の出現率が上がり続けている今、天喰家の存在価値もまた三年前よりはるかに上昇している。天喰家の血を引く若い女性なら、巫女《みこ》でなくても引く手あまたのはずなのに。

ほんのわずかでも、真由の中にまだ紀斗に対する執着が残っているのか。それとも、プライドをずたぼろにした夫への腹いせか。

紀斗には想像すらつかないが、真由が望まない以上、とうに破綻《はたん》しきった結婚生活に終止符も打てない。紀斗に出来るのはただ黙って働き、家に金を入れることだけだ。義父が不甲斐《ふがい》無い婿を解雇もせず、それなりのポストに置いているのも娘のためだろう。

『今や妖鬼は天災と同様、国家の総力を挙げて早急に対応しなければならない問題です。術者たちに頼るばかりではなく、妖鬼の生態を研究し、警察や自衛隊でも対処出来るようにしていかなければ……』

「……寝るか」

評論家が熱弁を振るい続けているテレビを消し、紀斗は寝室に移動した。半分以上残ったビールも食器もテーブルに出しっぱなしだが、どうせ咎《とが》める者は誰も居ない。真由が帰るのは、早くても明日の昼以降だ。

結婚前、真由と二人で選んだダブルベッドに一人で横たわる虚《むな》しさにももう慣れた。今頃真由は別の男の腕に抱かれているのだろうと思っても、怒りも嫉妬《しっと》も湧いてこない。こんな生活が、いったいいつまで続くのだろう。

『…愛しています。近いうちに、必ず迎えに行きますから』

闇に沈んでいく意識の中、忘れえぬ面影が睦言《むつごと》のように囁《ささや》く。

全身をからめとろうとする白い手から逃れるように、紀斗は寝返りを打った。

翌朝になっても、やはり真由は帰って来なかった。ちらかったテーブルを片付けると、なけなしの食欲も失《う》せてしまう。紀斗はスーツに着替え、朝食を取らずにマンションを出た。

義両親の援助を受け、新居として購入したマンションは最寄り駅まで徒歩三分の好立地だ。いつもより一本早い電車に乗り込み、運良く空いていた席に腰を下ろすと、ポケットの中のスマートフォンが振動した。

真由かと思ったら、実家の母親からのメッセージだった。嫌々ながら確認し、はあ、と紀斗は溜息を吐く。

……俺に、どうしろっていうんだよ……。

色々回りくどい言い方をしているが、要約すれば『いつになったら孫の顔が見られるの？』である。姉に結婚の気配すら無いので、母の期待は息子夫婦に集中しているのだ。結婚三年目に突入した今は、ほぼ一日おきくらいにこの手のメッセージが届く。

妖鬼の出現率が上昇し続ける中、天喰家をはじめとする妖鬼退治の一族の存在価値は高まる一方だ。前線で戦う術者は様々な特権を享受し、行政面でも優遇される上、普通に生きていれば縁が無い高額の報酬を受け取ることが出来る。

母としてはいずれ紀斗と真由の間に娘が生まれたら、その子を巫女として天喰本家に差し出したいようだ。もちろん純粋に孫の顔が見たいというのもあるのだろうが、両親どちらとも天喰家の血を引く娘なら、神の力を受け継ぐかもしれない――巫女の祖母として安泰な老後を送りたいというのが本当の狙《ねら》いに違いない。

紀斗が未だに真由を抱けていない…今後も抱けそうにない事実を知らないから、そんな馬鹿らしい夢を見られるのだ。いや、知ったとしても諦《あきら》めるかどうか。八奈木《やなぎ》家や鳴海《なるみ》家程度に薄く天喰の血を引く分家は他にも数多い。真由が駄目でも他の女なら、と独身の女性をあてがわれるかもしれない。

実際、分家内では分家同士で子を娶《めあわ》せ、血の濃い子どもを作り出そうとする動きがあるようだ。本家や本家に近い家と違い、末端の分家ではそれなりに男も存在する。だがやはり圧倒的に女性の方が多いため、男の奪い合いになっているらしい。…ていのいい種馬として。

……だとしたら俺は、とことん役立たずってことだな。

男ゆえに神の力を受け継がず、種馬にもなれない。会社では義父に飼い殺しにされ、重要な仕事は絶対に回ってこない。周囲も紀斗が義父に疎んじられていることは察しているので、無視こそされないものの、進んで関わろうとする者は皆無だ。

——のりと……。

「…っ…」

沈む心に浮かびかけた白く麗しい面影を、紀斗は頭を振って追い払った。あの少年こそ諸悪の元凶なのに、最近、ふと気付くと三年前の悪夢を脳内で反芻《はんすう》してしまっている自分が居る。昨夜などは、とうとう……。

思い出したくない醜態がよみがえる前に、電車は会社の最寄《もよ》り駅に到着した。通勤通学の客でごった返す広いコンコースには、昨日は居なかった警察官たちが等間隔に立ち、周囲を警戒している。昨日の妖鬼出現を受けてのことだろう。

現場はだいぶ離れているものの、同じ区内だ。他の主要駅にも警察官が派遣されているに違いない。実際、警察官では妖鬼に太刀打ち出来ないのだが、政府としては国民を守ろうとするポーズだけでも取らなければならないのだろう。壁のあちこちに、妖鬼への警戒を呼びかけるポスターが貼り出されている。

「ん……?」

ふと紀斗は一枚のポスターの前で足を止めた。

ポスターにはこれまで妖鬼が出現したポイントが地図入りで記されているのだが、最初はこの区外にばらけていた出現ポイントが、日付が新しくなるにつれ、だんだん区内に接近してきているのだ。そして、ポイントの先には確か…天喰家が都内での活動拠点としている別邸があったはずである。今や当主の権限のほとんどを祖母から受け継いだ月重は、辺鄙《へんぴ》な海辺の本邸には戻らず、この別邸で暮らしていると母から聞いた覚えがある。

――妖鬼を倒せる数少ない術者の一族の本拠地に、妖鬼の出現場所が近付いている？

妙な話だと首をひねりながら歩き出そうとした時、ぐらり、と足元が揺らいだ。

……地震か？　いや、違う……！

「いやぁぁぁぁ！　あ、あれっ……！」

腰を抜かした女性のかん高い悲鳴に、ガシャアアアン、とガラスの砕け散る音が重なった。コンコースの高い壁に嵌《は》められたステンドグラスが砕け散り、極彩色の破片と化して四方八方に降り注ぐ。

幻想的ですらある光景は、惨劇の序曲だった。

「ひぃぃぃっ⁉」

「…っ、ぎゃあああああっ……！」

ほんの十数メートル向こうで何人もの人々が串刺《くしざ》しにされ、血まみれになりながらばたばたと倒れていく。呆然《ぼうぜん》と立ち尽くす暇など無かった。ぽっかり空いた壁から、異形の生き物がのっそりと姿を現しては。

キィイイイイッ！

耳障り極まりない鳴き声を響き渡らせ、ばさりとコンコースに舞い降りた化け物は、昔図鑑で見たことのあるプテラノドンによく似ていた。

ただし広げた翼はまだら模様の羽毛に覆われ、大きく開いたくちばしにはサメに似たぎざぎざの牙《きば》がずらりと並んでいる。違和感の塊のような姿に、三年前、結婚式直前に襲われた化け物を否応なしに思い出す。幼い子どもが適当に繋《つな》ぎ合わせたような、いびつな姿――。

――妖鬼だ！

理解した瞬間、紀斗は出口に向かって走り出していた。

「と、止まれ！　止まらないか！」

「…嫌だ、来るなぁっ…！」

警官たちは妖鬼を囲んで果敢に発砲し、足をやられて動けなくなった人々が泣き叫ぶ。

……立ち止まっちゃ駄目だ。俺は術者じゃない。『役立たずの男』に、出来ることなんて何も無い……！

吐き気を堪《こら》えながら、紀斗はなだれを打つ客の群れをかき分ける。

そのうち、どこかの術者たちが駆け付けてくれるはずだ。この距離ならおそらくは、天喰家の巫女たちが。紀斗は下手なことをせず、それまで時間を稼げばいい。

『まっとうな人生を歩みたければ、身のほどをわきまえることね』

三年前、月重だってそう言っていた。役立たずは役立たずらしく縮こまって助けを乞いなさいと、冷徹な瞳は語っていた。…自分には何も出来ない。今まで、何の疑問も抱かなかったはずなのに。

……いったい、何なんだ？

この息苦しさは。…叫び出してしまいたくなるような焦燥感は。

「ぐわぁぁっ⁉」

駅前ロータリーに繋がる長い階段の下で、野太い悲鳴が弾《はじ》けた。

逃げる人々の群れは一瞬固まった後、生き物のようにうねりながらコンコースへ逆流を始める。塵煙《じんえん》がもうもうと舞い上がり、視界をぼやけさせる。

下りたばかりの階段を駆け上っていく若いサラリーマンが、血走った眼で叫んだ。

「駄目だ、戻れ！　こっちにも化け物が…！」

階段を下りきった正面にあったはずのジューススタンドは、がれきと化していた。

その上に器用にも二本足で直立する大型のトカゲに似た妖鬼の口に、人間の腕がぶら下がっている。その持ち主らしい男性はうつ伏せに倒れた背中を真っ赤に染め、ぴくりとも動かない。

血まみれの腕をぽいと捨て、トカゲ型の妖鬼は縦に虹彩の裂けた瞳を正面に据えた。

「や、や、やぁぁっ……！　ママ、ママぁ……っ！」

その先の踊り場には、泣きじゃくる小学生くらいの女の子がうずくまっていた。登校の途中だったのか、沿線のエスカレーター式の学校の制服を着ている。

妖鬼は生きた人間を好んで捕食する。あの妖鬼が三年前に遭遇した虎面と同じ習性を持つのなら、死んでしまったのだろう男性よりも、活きのいい女の子の方が『ごちそう』だ。

「構わん、撃て！　撃てーっ！」

そこへ通報を受けた警察の特殊部隊が駆け付け、トカゲ型の妖鬼に向かっていっせいにアサルトライフルを発射した。一瞬、階下が硝煙で見えなくなるほどの勢いだ。普通の人間なら、防弾装備に身を固めていようとひとたまりもないだろうに。

「……キィ？」

晴れた煙から現れた妖鬼は、不思議そうに首を傾《かし》げるだけだった。妙につるりとした皮膚には、銃弾の痕《あと》すら残っていない。

……同じだ。あの時と。

「もう一度！」

訓練された警察官たちは怯《ひる》みつつも、ライフルを構えた。だが再び銃弾が発射される前に、妖鬼は思いがけない行動に出る。

足元に倒れていた腕の無い男性の遺体を拾い上げ、盾のようにかざしたのだ。警察官たちが慌てて構えを解くと、分厚い唇はにいっと吊《つ》り上がった。面白いおもちゃを見付けた子どものように。

ぞぞぞ、と背中に悪寒が走った。…あの妖鬼は、理解したのだ。人間がたとえ骸《むくろ》であれ、同胞の身柄を振りかざされれば攻撃をためらってしまうことを。

三年前の虎面の妖鬼は、そこまで賢くはなかった。

ただ事故を発生させ、目についた人間を手当たり次第に襲おうとしただけだった。図体はこのトカゲ型より大きかったが、およそ知性らしいものなど欠片《かけら》も持ち合わせていなかったはずだ。巨大なあぎとからは、おぞましい叫喚《きょうかん》がほとばしるだけだった。

「――オッ、オッ、オオオオオオウウウウウウ！」

……そう、こんなふうに。

耳をつんざくような咆哮《ほうこう》が後方から轟《とどろ》いた。嫌な予感がちりっと背筋を焼く。さっとその場に伏せた紀斗の上を、何かがすさまじい勢いで飛んでいった。

中世の騎士のような鎧《よろい》を着込んだ人間――に見えた。少なくとも、ぱっと見には。手にはご丁寧にも、諸刃の剣を握っている。

だが目を凝らすまでもなく、新たな妖鬼が現れたのだとわかった。異様な模様の刻まれた鉄《てっ》兜《かぶと》のスリットから覗《のぞ》く目は巨大で、……一つしか無かったから。

「いや…っ、来ないで、…来ないでっ…」

不幸にも騎士型の妖鬼の着地地点にしゃがみ込んでいた若い女性が、涙目で首を振る。

「…っ、…っく…」

女性は妖鬼の背後に這いつくばる紀斗に気付くや、メイクの剝《は》げた顔をぐにゃりと歪《ゆが》めた。

…罪悪感ゆえだと理解したのは、脱いだハイヒールを投げつけられた直後だ。

騎士型妖鬼の一つ目がハイヒールを追って鉄兜の中でぐるりと動き、紀斗を捉《とら》えた。白目の無い黒一色の目から逃れたとたん、女性は痛みを堪えて起き上がり、よろよろと離れていく。

「…あ、あっ…」

妖鬼は視界の中に居る動く人間を優先的に狙ってくる。

警官隊はプテラノドン型の妖鬼を食い止めている。階下の特殊部隊も動けない女の子からトカゲ型妖鬼の注意を逸《そ》らそうと必死だ。

天喰家の巫女たちが駆け付ける気配も無い。紀斗を助けに来てくれる人は、誰も…。

……何で、誰かに助けてもらうのが前提になってるんだよ……！

諦めかけた瞬間、胸の奥に炎が燃え上がる。

『敵《かな》うわけがない』

『のりくんの役立たず』

頭の中で嘲笑《ちょうしょう》する月重と真由の顔が、みるまに焼き尽くされていった。そうだ……そうだった。さっきからくすぶり続けていたのは、怒りだったのだ。自分を蔑《さげす》み続けてきた、天喰家の女たちに対してではない。彼女たちの抑圧に屈してきた自分自身が、憎たらしくてたまらなかった。

忘れかけていた感触——三年前、虎面の妖鬼を殴りつけてやった感触がじわじわとよみがえり、紀斗は拳《こぶし》を握った。

……妄想なんかじゃない。あれは確かに現実だった。

まぐれでも偶然でも、この拳は妖鬼にダメージを与えたのだ。

「…だったら、今だって…！」

紀斗は素早く跳ね起き、身体に染み付いた構えを取った。

偶然が二度続くとは限らない。今度こそ妖鬼の餌食《えじき》にされるかもしれない。…でも背中を向けたまま逃げ続け、本物の役立たずになるよりはましだ。

……何とかして剣を奪えたら、互角に持ち込めるか？

鎧を着ていても相手は人型、サイズも大柄な人間くらいだ。素手での格闘なら渡り合えるかもしれない。

「……え、……っ？」

鋼《はがね》の刃に全神経を集中させる紀斗の前で、騎士型妖鬼はとうとう跳躍した。…紀斗ではなく、よろめきながら逃げる若い女性に向かって。

「えっ、ち、違っ、あたしはっ」

恐怖に見開かれた双眸《そうぼう》は、どうして自分が狙われるのかと訴えていた。紀斗を身代わりにしたはずなのにどうして、と。

そしてそれが、彼女の遺言になった。

騎士型妖鬼の振るった剣はあまりにもなめらかに、絶望に染まった女性の首を切断する。

勢いのまま、妖鬼は疾走を始めた。いつの間にかコンコースには反対側の出口から侵入したらしい妖鬼たちが溢《あふ》れ、逃げ惑う人々を手あたり次第に襲っている。

「ひぎゃあああああ……！」

「く、来るな、来るなって…あぁっ！」

首が地面に落ちるまでの数秒の間に、駅ビルの中に逃げ込もうとしていた何人もの客たちが妖鬼の剣の犠牲になっていった。妖鬼と言えば人を喰らうものだとばかり思っていたけれど、純粋に殺戮《さつりく》を愉《たの》しむタイプも存在するということなのか。

だが、そんなことよりも。

……無視、された……？

騎士型妖鬼は目の前の紀斗ではなく、視界の外に出たはずの女性を狙った。明らかに、これまで確認された妖鬼たちの習性を逸脱した動きだ。人に近い形をした妖鬼独特の性質なのだろうか。

だが、だとしたら殺された人々と紀斗は何が違う？

「…はあっ！」

紀斗は手近に落ちていたがれきの破片を拾い、逃げる男性の背中に巨大な拳を振り下ろそうとしていた妖鬼目がけ渾身《こんしん》の力で投げ付けた。勢いよく飛んだ破片は狙い誤らず、妖鬼の後頭部に命中する。

「……グヒィッ!?」

怒りの鳴き声を上げた妖鬼は、ふざけた真似《まね》をした人間を喰らってやろうと思ったはずだ。だが身体ごと振り返ったとたん、猪《いのしし》と豚を掛け合わせたような顔を奇妙に歪ませ——紀斗の反対側へそそくさと走り去ってしまう。まるで、恐ろしい怪物にでも出くわしたかのように。

「…怪物は、お前たちの方だろうが！」

苛立《いらだ》ちはしたが、これで明らかになった。どういうわけか、自分は妖鬼たちの標的にならないのだ。無視されているのではない。認識された上で、この人間は襲ってはならないと判断されているらしい。

……天喰の血のせいか？

紀斗と犠牲になった人々の違いといえばそれくらいしか思い付かないが、神の力を受け継がない男にそんな特殊能力が発現したという話なんて聞いた覚えも無い。もし過去にも同じ現象が起きたのなら、月重は分家の男たちをとっくに囲い込んでいたはずだ。

「…やーっ！　いやーっ、ママ！　ママ、助けてぇ！」

背後で上がった悲鳴が、紀斗を現実に引き戻した。

階段の踊り場にしゃがみ込んだ女の子に、トカゲ型の妖鬼が軽い地響きを立てながらのしのしと近付いていく。特殊部隊は全滅してしまったのか。いや、新たな盾で愉しもうとしているのかもしれない。

にたりと牙を覗かせ、トカゲ型の妖鬼は肉食の恐竜のような腕を振り上げる。……自分は神の力を受け継いでいない。月重のように、鮮やかに妖鬼を倒すことは出来ない。愛《いと》しい妻を抱いてもやれない、何の意味も無い存在かもしれない。でも。

……俺にだって、意地くらいあるんだよ……っ！

「うおおおおおおおお……！」

雄叫《おたけ》びを上げながら、紀斗は突進した。

抱えて逃げる余裕は無い。階段を何段も飛ばしながら駆け下り、妖鬼の鋭い鉤爪《かぎづめ》が振り下ろされる寸前に女の子の小さな身体をぎゅっと抱き締める。紀斗の骸を見たら、きっと月重はそれ見たことかと嘲笑《あざわら》うだろう。真由はやっと解放されたと喜び、他の男に乗り換えるのかもしれない。

…それでいい。あの子と同じくらいの年頃の子を見捨て、命だけ助かるよりは。

「オウッ!?」

衝撃を覚悟し、身構えた時だった。混乱と驚愕《きょうがく》の混じった妖鬼の呻《うめ》きが聞こえたのは。

「――この出来損ない。絶対に許さない」

ほこりと血の混じり合った匂《にお》いに、花とも果実ともつかない甘い香りが取って代わった。

紀斗の真横にこつ然と現れた青年が、トカゲ型の妖鬼を睨《にら》み付《つ》ける。刺々《とげとげ》しいのに蠱惑的《こわくてき》なその視線にからめとられたかのように、妖鬼の腕は紀斗のほんの数センチ手前で動きを止めていた。

匂い立つ甘い声は、頭の奥にこびりついたそれよりもいくぶん低くなっている。背中を覆う黒髪はつややかさを増し、細身ながらスーツの上からでも鍛えていると見て取れる長身は、おそらく紀斗よりもわずかに高い。

記憶とはあちこちが食い違っている。

…でも、間違い無い。魂ごと持って行かれてしまいそうな存在感、傍に居るだけで震えが来るほどの美貌《びぼう》…そんなものを併せ持つのは、この世にたった一人しか居ないはずだから。

「滅びろ」

紅い唇が命じたのは、たった一言。

「オッ……、オ、オオオオオオ、ウ……」

ライフルの一斉射撃でもかすり傷一つ与えられなかった妖鬼は頭を抱えて絶叫し、そのままの体勢であお向けに倒れた。ずうん、と巨体を受け止めた床が振動する。

「……あっ……！」

大きく見開いた紀斗の目の前で、妖鬼の身体はみるまに塵《ちり》と化していった。数多《あまた》の命を奪った鉤爪も牙も、骨すらも残さずに。

……こいつ、術者だったのか……⁉

駆け付けるなら天喰家の巫女たちだとばかり思っていたが、他の一族の術者なのだろうか。

いや、だとしたら何故、天喰の一族である紀斗と真由の結婚式に現れた？　術者の一族は基本的に対立しており、横の繋がりはほとんど無い。それに、言葉だけで大型の妖鬼を消滅させるほど強力な術者なんて、天喰家にも存在するかどうか。

「……紀斗」

うっとうしそうに妖鬼を一瞥《いちべつ》した青年が、ふわりと美貌をほころばせた。

――引きずり出される。

恐怖に失神しかけていた女の子すら見惚《みと》れる、その微笑《ほほえ》みに。ウェディングドレスの真由の首筋を飾ったネックレスの真珠よりも白くきめの細かい、その肌に。

『僕は…、貴方のものになるために、来たんです、から』

――三年前の、悪夢が。

「う、…う、…うぅっ、………うわあああああああああああ！」

……あいつだ！　あいつだ…っ……！

女の子から離れるや、脚が勝手に全速力で走り出した。一人にされた女の子の安全も、近く

でまだ生きているかもしれない特殊部隊の隊員たちも、どうでも良かった。走って、走って、心臓が止まってもなお走らなければ……逃げなければ、きっと。

…あの時の、ように。

「は、…はぁっ、…ぁ…っ？」

本能の警告のままコンコースを駆け抜けようとすると、一瞬身体が重くなり、周囲の音が遠ざかった。今のは何だったのだろう。まるで、分厚い膜を突き破ったかのような…。

反射的に立ち止まった紀斗の前に、上空から何かが落ちてくる。

「あーあ、ご当主様ってば。逃げられちまってるじゃん」

「仕方無いよ、朧《おぼろ》。この人にはご当主様がちゃんと見えてるんだから」

割れたステンドグラスの破片を器用に避け、体重を感じさせない動きで下り立ったのは瓜二つの姿をした少年たちだった。

朧と呼ばれた少年はアシンメトリーにカットされた前髪で右目を隠し、もう一人は左目を隠している。キャメルのブレザーにチェックのパンツがモデルのように整った容姿にはよく似合っているが、こんな制服の学校、近くにあっただろうか。…いや、そんなことよりも…。

「お…、お前たち、あ、あんなところから…」

プテラノドンに似た妖鬼が突き破った穴を見上げ、震える紀斗に、朧はけらけらと笑う。

「あはははっ！　その程度でどうしてびびってんの？　あんただって神の力を受け継いでる

んだから、あれくらい余裕っしょ。なあ虚《うつろ》？」

「う、うん。でも、外で育ったんだったら仕方無い…と思う」

朧の背中に半ば隠れ、もう一人の少年――虚はぼそぼそと答えた。小動物のようにせわしなく動いていた目が大きく見開かれるのと、ごうっと空気がうなり、朧の身体が吹っ飛んだのはほとんど同時のことだ。

「…お前たち。僕よりも先に紀斗と話すなんて、何のつもり？」

「ひ、……っ⁉」

濡《ぬ》れた舌で耳の穴をじかに舐《な》めるような声音に跳び上がり、駆け出そうとした時にはもう遅かった。

咲き乱れる花と熟れた果実の匂いをしたたらせた腕が、背後からするりと紀斗の腰に巻き付く。さほど力を込めていないにもかかわらず振り解《ほど》けないのは、項《うなじ》を甘くくすぐる吐息のせいか。三年前は紀斗より低かったのに、短い間にずいぶんと成長したものだ。

「あ、あ、あああああ、あ……」

「可愛《かわい》い、紀斗。僕に会えて、そんなに嬉しいんですか？」

――異常だ。みんなおかしい。がたがた震えながら青年の匂いにうっとりする紀斗も、恍惚《こうこつ》と紀斗の頬を撫《な》でる青年も。

「いや、それ、嬉しくて震えてるわけじゃないと思うけど」

「しっ、朧！　黙ってて！」

十メートル近く後ろに吹き飛ばされ、全身を強く打ち付けられたのに平然と起き上がる朧も、その背中をさすってやる虚も。あちらこちらに散らばる身体のどこかを欠損した遺体も、両翼を引きちぎられて転がるプテラノドン型の妖鬼の骸も、コンコースを我が物顔でのし歩く妖鬼どもも。生きた人間は誰一人居なくなった改札口も。

みんな、みんな、おかしい。

「僕も嬉しい。…ふふっ、じゃあ、そろそろ行きましょうか」

どこへ、と問いただしたくても、勝手にわななく口は思い通りに動いてくれない。悪寒と恐怖に支配された身体は震え続けているのに、頭は酩酊《めいてい》している。青年に…青年の放つ、熟れた甘い香りに。

「朧、虚」

「――はっ」

青年に名を呼ばれ、双子はさっと騎士のようにひざまずく。神妙な表情に、さっきまでのふざけた空気は微塵《みじん》も漂っていない。青年を見上げる目は、新興宗教の教祖…いや、神そのものから託宣を受ける信徒のそれだ。

「ここはお前たちに。…いいな？」

「お任せ下さい！」

力強く請け合うや、歓喜に顔を輝かせた双子は妖鬼の群れ目掛けて突進していく。朧はいつの間にか拳に鋭い棘のついたナックルを嵌め、虚は抜き身の短刀を握っていた。

……こいつらも、術者なのか……!?

だとすれば、あのでたらめな身体能力も納得がいくが…プテラノドン型の妖鬼も、人間の遺体に混じるいくつもの骸も、双子が仕留めたというのか？　この青年が、ついさっきトカゲ型を倒したように？

「オオオ、オオッ、オウ、オウッ!?」

無惨な骸を貪《むさぼ》ろうとしていた妖鬼たちが、双子の乱入に慌てふためく。

銃弾すらものともしない硬い皮膚に双子たちが嬉々《きき》として拳と刃を叩《たた》き込み、おどろおどろしい叫喚がとどろく前に、紀斗は白い掌《てのひら》に両目を覆われていた。

そっと掌が外されると、目の前の景色は一変していた。血なまぐさい虐殺の現場から、光に満ち溢れた、かぐわしい香の漂う空間へと。

……ここは、どこだ？

一階から最上階までを吹き抜けにした広く開放感のある空間は、高級ホテルのロビーを思わせる。磨き抜かれた床は色とりどりの大理石が複雑な幾何学模様を描き、聖堂のような雰囲気を醸し出しているが、天井に走る幾筋もの飴色《あめいろ》の梁《はり》や、ところどころに吊るされた灯籠《とうろう》が和の空気を添えていた。まだ夫婦仲がかろうじて保たれていた頃、真由が行きたがっていた京都《きようと》の老舗《しにせ》ホテルを思い出す。

どこにしても、妖鬼に襲撃されたあのコンコースではないのは明らかだ。天喰家を含め、妖鬼退治の一族は強い異能の力を持つ者も多いというが、一瞬で別の場所へ転移する力なんて聞いたためしが無い。

麻の葉や青海波《せいがいは》、雪輪《ゆきわ》などの文様に組まれた組子細工の壁際には、二十人くらいの男がずらりと並び、深々と頭を垂れていた。年齢は様々だが、みな白い着物に袴《はかま》という神社の神職のような服装だ。袴の色は浅葱《あさぎ》と白が半々くらいか。たった一人、先頭に佇《たたず》む老人だけが紫の袴を穿《は》いている。

「お帰りなさいませ、ご当主様」

「お帰りなさいませ」

紫の袴の老人に、他の袴姿の男たちがいっせいに唱和した。びくりとする紀斗の腰を抱き、青年は鷹揚《おうよう》に頷く。

「駅に現れた妖鬼どもは、あらかた片付けた。朧と虚に後始末を任せてある」

「まことに祝着に存じます。…して、そちらのお方が?」

「ああ。……私の紀斗だ」

紀斗の名を紡ぐ時だけ、甘いのにひんやりとした声にはほのかな熱がこもった。

『僕』ではなく『私』。小さな変化に違和感を覚えたのは、紀斗だけだったようだ。驚愕、嫉妬、畏怖《いふ》、歓喜。ばっと上げられた男たちの顔に、様々な感情が浮かんでは消えていく。

「わかっていようが、私の紀斗は私と同じ地位に立つ。誰であろうと手出しは許さぬ。もしも私の紀斗に、傷の一つでも付けようものなら……」

寒気と共に、目撃したばかりの惨劇が背筋から這い上がってくる。

両の翼をもがれて死んだ妖鬼。たった一言命じられただけで塵と化した妖鬼。思い出すだけで吐き気をもよおしそうな骸がぐにゃりと崩れ、人間のそれに変化する。生きたまま腕をもがれ、塵となり、生きた痕跡《こんせき》一つ残さず消えていくのは妖鬼ではなく——自分だ。

「…ひ…、…っ…」

「——ご当主様！」

呑《の》まれかけた意識を、焦りの滲んだ声が引き上げた。

いつの間にかきつくつむっていた目を開ければ、老人以外の男たちはみな頭を抱え、大理石の床でのたうち回っている。老人も額にびっしりと汗をかき、今にも倒れてしまいそうだ。彼らも紀斗と同じものを視せられた——いや、今も視せられているのだろう。

「どうかご寛恕《かんじょ》を。みな、八奈木様がご当主様の大切なお方であることは承知しております。我らの総力を挙げてお守りし、お仕えする所存でございますゆえ…」

「要らぬ」

青年は尊大に断言した。

「貴様らに求めるのは、私の紀斗を崇《あが》めたてまつることだけだ。守るのも、……仕えるのも、私だけで良い……」

「…っう、う、うぅっ…」

おとがいを掬《すく》い上げられ、うっとりと微笑まれる。

そんなに羨ましかったら代わってやる、と悔しそうに歯軋《はぎし》りする男に言いたかった。よみがえった三年前の悪夢から逃れられるのなら、何だってしてやる。

だが、この場に紀斗の味方は一人も存在しない。老人は胸の前で合掌し、深々と腰を折る。

「それが天喰家を統《す》べるご当主様のお望みならば、我らは従うのみにございます」

「…な…、ん、だって…？」

——天喰家、だと？

どくんと心臓がひときわ高く脈打ち、拳が勝手に震え出す。

ありえない。そんなことはありえないのだ。天喰家において妖鬼を倒せるのは、神の力を受け継ぐ巫女…すなわち女性のみ。邸内でも使用人として雇われるのは一族の女性だけで、男は決められた時以外、出入りすら許されない。

だが、ここに居るのは男だけだ。そして紀斗は、天喰家の当主だというこの青年が妖鬼を滅する光景を目の当たりにしたばかりである。

……男が、神の力を受け継いだ？　いや、でも……。

「つ…、月重様、は」

万が一、男が神の力を受け継いだのだとしても、あの月重が男の台頭を許すわけがない。ここが天喰家の邸だというのなら、月重はどこへ行ってしまったのか。

「……あ、……あぁ、…っ…」

言葉を続ける前に、再び心臓が高鳴った。つうっと細められる黒い瞳に映る自分はこっけいなくらい青ざめ、かちかちと歯を鳴らしている。

「駄目ですよ、紀斗。…その、汚らわしい名を口になさっては。貴方まで汚されてしまう」

…甘かった。たしなめる声も、腰から背中をたどってゆく手も、微笑みの形に歪む顔も。悶《もん》絶《ぜっ》していた男たちすら、喜悦に動きを止めてしまうほどに。

けれど。

「あの女は天喰家から追放されました。姉妹や、取り巻きの巫女どもも一緒に。…今、この天喰家の別邸に居る一族の直系は僕だけです」

紀斗より頭半分ほど高くなった長身から発散されるのは、紛れも無い殺気だった。

紀斗は直感する。この青年は、月重を殺してやりたいほど憎んでいるのだと。…無駄に命を危険にさらしたくなければ、青年の前では月重の名を決して呼んではならないと。

喉奥からせり上がってくる恐怖ごと、紀斗は唾《つば》を飲み下す。

「…お前が、……天喰の直系？」

「はい、紀斗。……ああ、やっと貴方に名乗ることが出来る」

青年は足音もたてずに正面に進み出ると、そっと紀斗の手を取り、軽く頭を下げた。声にならない悲鳴を上げる老人や男たちには構わず、震える掌に口付ける。

さらりと肩口からこぼれ落ちる長い黒髪は、遠い記憶を交互に呼び覚ました。三年前の悪夢と、天喰家の本邸で何度か重ねた逢瀬《おうせ》…淡い恋の記憶を。土蔵の格子から助けを求めるようにたなびいた、つややかな長い髪を。

「僕は榊《さかき》。……天喰榊。前当主、天喰月予《つきよ》の直系の孫に当たります」

「…なっ…!?」

息が止まりそうになった。

月予の直系の孫ということは、つまり月重のきょうだい…年齢からして弟ということだ。だが、月重に弟が居るなんて聞いた覚えは無い。そもそも濃い血を保つ直系に、男子は生まれないはずではなかったのか。

紀斗の心を見透かしたように、榊は唇をほころばせた。

「貴方ですよ」

「……？」

「僕を。…そして今のこの天喰家を生み出したのは、貴方です」

思わず老人を見れば、老人は無言でひざまずいた。ようやく苦悶から解放されたらしい男たちも、老人に倣《なら》う。

女は一人も居ない。天喰家においてこれ以上無いくらい異常な光景を、紀斗が生み出した？

「どういう、意味なんだ…」

「お教えしなければなりませんか？」

首を傾《かし》げる榊は、嫌味でも意地悪でもなく、本気で思っているようだった。これだけ重要な情報を明かしておきながら、紀斗は何も知らなくていいと。

「…教えて、くれ」

本音を言えば、これ以上榊に関わりたくなかった。自宅の布団にくるまり、何も考えず眠ってしまいたかった。

だが榊は、紀斗を素直に帰してはくれないだろう。しかも一瞬で駅とこの別邸を転移出来るのだ。逃げ出してもすぐに捕まるとわかっているのなら、せめて情報くらい得ておきたい。…自分が今、どんな立場に在るのかを確かめるためにも。

「ああ、紀斗……！」

駄目でもともとだったが、榊はぱあっと顔を輝かせた。神がかった美貌に、後光がさして見える。

「もちろんです、紀斗。貴方が望むのなら、どんなことでも」

「な…、何で、そんなに嬉しそうなんだよ…」

忠実な下僕なのだろう老人たちと紀斗とで、態度が違いすぎやしないだろうか。思わず恐怖を忘れて問えば、榊は紀斗の両手をぎゅっと握り締める。

「僕の紀斗が、初めて僕にお願いをして下さったのですよ。喜ばずにいられるわけがないでしょう?」

「お願いって…」

「こうしてはいられません。早く行きましょう」

榊はひょいと紀斗を横向きに抱き上げ、うきうきとホールの奥へと歩き出した。歓喜が溢れるその後ろ姿を、老人たちが呆然と見送る。

……嘘《うそ》だろ?

今にもふわふわと宙に舞い上がりそうな軽い足取りには、まるで危なげが無い。武道で鍛えた紀斗の筋肉質な身体は、普通の男よりずっと重いはずなのに。

「ご当主様…」

「ご当主様、ご当主様だ…」

すれ違うたびその場にひれ伏し、榊を拝むのはみな男だ。正月になると連れて行かれた本邸ほどではないが、この別邸もかなり広い。巫女も使用人も相当の数が居たはずだが、彼女たちはどこへ行ってしまったのか…。

　ぐるぐると考えているうちに、榊はホール中央を大樹のように貫く巨大なエレベーターに乗り込んだ。操作パネルの前に立つと『認証が完了しました』とアナウンスが入り、エレベーターの階数表示が上がっていく。

　やがてパネルに『S』と表示されると、エレベーターの扉が開いた。相変わらず軽い足取りで榊が外に一歩踏み出たとたん、どくん、と心臓が高く跳ねる。

「は、…あっ……」

　反射的に吐き出した息は、自分でもはっとするくらい甘ったるかった。どんどん速くなっていく鼓動に合わせ、肌の内側がほのかに熱を帯びていく。

　……何…だ、これは……。

　息を吸い込めば吸い込むほど苦しくなる。胸が、熟れた果実と甘い花の匂いでいっぱいに満たされる。

「…お前…、何を…」

　こんな真似をするのは榊しか居ないと思ったのに、当の榊はきょとんと首を傾げ、やがて納得したように頷いた。

「僕は何もしていませんよ。ただ、反応しているだけです」

「はん、のう…？」

「ええ。この最上階フロアは、僕の住まう聖域。フロアに満たされた僕の気配と匂いに、貴方の身体が反応しているのでしょう。……だって僕と貴方は、三年前、あれほど深く繋がったのですから」

頬を上気させて微笑む榊は、三年前よりもずいぶんおとなびた。神々しいまでに麗しくても、今の榊を女と間違う者は居ないだろう。

——でも、忘れられるわけがない。

「ひ…、っ…」

花婿衣装で椅子にくくり付けられ、花嫁にすら触れさせせたことの無い性器を貪られた。ろくに抵抗も出来ずにまたがられ、肉茎を熱い媚肉に閉じ込められ、銜《くわ》え込まれた。わけもわからないまま絶頂へ連れて行かれ、一滴残らず精液を貪られた。それだけでは足りないと、何度も何度も絞り尽くされた。

…そうして、新婚の花嫁を抱けなくなった。家でも外でも役立たずになった。

「い…、あ、あ、あ、あ」

男としての自信も尊厳も根こそぎ奪われた、あの日を。

あの悪夢を……忘れられるわけがない……！

「嫌だぁぁあっ！　…放せっ…！」

「紀斗…、紀斗、落ち着いて下さい。そんなに興奮したら、身体が…」

柳眉を下げた榊がなだめようとするが、身体なんてどうでもいい。悪夢の化身のような、この男から逃げられれば。

「放せ……！」

どんっと強く榊の胸を突き飛ばした瞬間、紀斗を支える腕がわずかに緩んだ。

紀斗は身体をひねり、うまく体重を移動させながら床に転がり落ちる。受け身を取り、起き上がろうとした脚が膝からがくんと折れた。

「紀斗…！」

とっさにしゃがんだ榊が受け止めてくれたおかげで、顔面から床に激突することはどうにか避けられた。だが、ほっと息を吐く余裕など無い。激しく暴れて逃れようとする紀斗を、榊は全身で包み込むようにして抱きすくめる。

「落ち着いて。…お願いだから、紀斗」

「…、ぁ…っ、はぁ…、っ……」

「…僕の紀斗。お願い、僕を拒まないで…貴方に嫌われたら、僕は生きていけない…」

しばしの間、静まり返ったフロアには紀斗の荒い呼吸だけが響いた。最上階フロアには使用人の出入りも厳しく制限されているのか、カウチやテーブルまで備え付けられた広いエレベーターホールには誰も通りがからない。

「……お前は、何者なんだ？」

呼吸が落ち着いたところで問いかけたのは、今、榊から逃げるのは無理だと悟ったからだ。少しでも身じろぐたび力を込められては、もう一度この男の不意を突くのは不可能だろう。

「三年前…、どうしてあんな真似をした？　どうして俺に、…っ…」

「――生贄《いけにえ》に、捧げられるところだったから」

ことなげに告げられ、ひくりと喉が鳴った。

「生、贄…って、何の…」

「天喰の一族に妖鬼退治の力を授け、一族が『神』と呼ぶもの。…僕は、アレに生きたまま喰われるためだけに生きることを許され、育てられたんです」

――二十年前、月重と榊の母親が榊を産んだ時、本邸は上を下への大騒ぎに陥ったという。それもそのはず。天喰家の直系には女子しか生まれないはずなのに、当主の娘である母親が産んだのは男の子だったのだ。

しかも彼女は出産の直後に亡くなってしまった。直系でありながら神の力を受け継がない男子、それも母親の命を奪った忌《い》まわしい赤子を、誰もがすぐさま始末すべきだと主張した。

だが、月予は榊を殺さなかった。世話役に養育させ、月重に比べればごく慎ましくはあるが、一族にふさわしい暮らしを許したのだ。孫に対する愛情ではなく、天喰家を繁栄させた神への供物とするために。

逃げ出せないよう結界の張られた部屋で、榊は育てられた。生贄は何に対しても執着を抱かない空の器でなければならないから、存在すらごく一部の親族にしか知らされず、誰にも愛情を注がれずに。

榊が間違っても関心を抱かないよう、最低限の世話役も定期的に入れ替えられる徹底ぶりだ。もちろん、彼らは榊に話しかけたり、雑談に応じたりしてくれることは無い。

空虚な日々に終止符が打たれたのは三年前、榊の十七回目の誕生日だった。輝くばかりに美しい少年に成長した孫を、月予はとうとう生贄に捧げると決めたのだ。

結界の張られた部屋から、榊は生まれて初めて連れ出された。…その時こそ、榊が待ちわびた瞬間だったのだ。

「…僕は神の力を解放し、紀斗のもとへ跳躍しました。そして紀斗とまぐわい、紀斗の精を身の内に宿すことで完全な自我を得ることが出来た」

「……」

「それから僕は本邸に舞い戻り、当主と次期当主気取りの孫娘、そしてその取り巻きの女どもを追放し、虐げられてきた一族の男たちを味方に付けました。この別邸を守り、僕に忠誠を捧げる者たち…さっきの朧と虚も、そうやって僕の下僕になったのです」

「お、おい…！」

疑問が恐怖を凌駕《りょうが》し、紀斗はとうとう口を挟んだ。ぴたりと黙った榊が続きを促すようにきらきらと瞳を輝かせるので、調子を狂わされる。

さっきから思っていたが、榊の性格はどうにも安定しない。結婚式直前に現れ、抵抗をねじ伏せて紀斗にまたがった榊。紀斗との再会を無邪気に喜ぶ榊。男たちを冷酷にいたぶった榊。紀斗に従順な榊。紀斗だって相手によって態度を変えることくらいあるが、榊の場合は極端すぎる。まるで何人もの榊が存在し、入れ替わっているかのような。

「神の力を解放したって……？　神の力は、女しか受け継がないはずだろう？　それに、生贄の資格を失っていたというのはどういう意味なんだ？」

「…紀斗は何故、神の力が女にしか受け継がれないと思うのですか？」

「何故って、…そういうものだと母さんに教えられたからだろう」

逆に問い返され、紀斗はぱちぱちと目をしばたたいた。今まで疑問に思ったことすら無かったのだ。太陽が東から昇るように、鳥が卵から孵《かえ》るように、男は神の力を受け継がない。母もまた、祖母からそう教わっただろう。

「そう。教えられてきただけで、真実かどうか確かめたわけではありませんよね。…でも本当は、天喰の一族であれば、血の濃さに応じて男女関係無く神の力を受け継ぐものなのです。僕がそうであるように」

これまでの常識をくつがえす発言を、否定は出来なかった。男である榊や双子が妖鬼を倒すところを、紀斗は目撃したばかりだ。

「じゃあ、何で神の力を受け継ぐのは女だけなんてことに…」

「その方が、女たちにとって都合が良かったからですよ。…もう何百年も前から、天喰家は女たちの食い物にされてきた…」

始まりは、傷付いた神が天喰家の治める村に流れ着いたところまでさかのぼるのだという。当主一族の直系のみに語り継がれてきた伝承だ。

当時の天喰家は、今のように女が君臨する家ではなかった。村長には息子と娘が一人ずつ居たが、弟である息子の方が次の村長と目されていたという。だが己の才覚と美貌に自信を持つ姉もまた、跡継ぎの地位をひそかに狙っていたのだ。

そんな時流れ着いた神は、姉にとってはまさしく救い主だった。姉は傷付いた神と無理やり交わり、神の子を宿すことで間接的に神の力を得ると、あろうことか弟を生贄として神に喰らわせたのである。

その後、邪魔者の居なくなった姉は神を社に封印する一方、己は神の力を与えられた聖なる娘として村に君臨した。

神の子というこの世との繋がりが出来てしまった以上、神はもはや元の世界には帰れない。怒り嘆く神を慰めるため、その後も天喰家に生まれた男子は生贄に捧げられ、存在ごと抹消された。結果的に、直系には女子しか生まれないということになったのだ。

そうして神の子から始まった天喰家の系譜は女たちに独占されてきた。女しか神の力を受け継がないと偽られたのは、男に一切の権力を持たせないためだ。

徹底的な女尊男卑は、月重の代になっても変わらず――いや、さらに苛烈《かれつ》になるはずだった。妖鬼に対抗出来る巫女の価値は、高まる一方だからだ。

だが、榊の存在が全てを破壊した。

「…っ、そんな、…ことが…」

榊の腕に包まれているのに、身体の芯《しん》が凍り付いたようだった。数百年以上も秘匿《ひとく》されてきた天喰家の闇に、自分は今、確かに触れたのだ。…そして否応なしに巻き込まれようとしている。

「紀斗が居なかったら、天喰家は今もなお真実を隠した女どもに牛耳られたままでした。…僕も、とうに神に喰われていたでしょう」

「俺は、何も…」

「神の生贄は何の感情も持たず、何に対しても執着を抱かない『無』の状態でなければならない。でも僕の心には紀斗が居ました。いつか天喰家をぶち壊し、貴方のものになると、それだけを願い続けていました。貴方への思いが僕を満たし、生贄から人間に変えてくれたのです」

つまり紀斗に執着したがゆえに生贄の資格を失い、さらに紀斗と交わったことによって自我を得たというのか。月重の弟…血筋的には末端の紀斗など足元にも及ばない高貴な存在が…。

……だから、なのか。

今の榊と天喰家を生み出したのは紀斗だというのは、嘘でも誇張でもなく真実だったのだ。

だが、納得は出来ない。

「俺は…、お前にそこまで執着される覚えは無い」

榊の話が事実なら、結界から出される前…紀斗の結婚式に現れるずっと前から、紀斗を知っていたということになる。だが紀斗には、榊と出逢った記憶など無いのだ。一度でも顔を合わせていれば、これほど印象的な存在を忘れるわけがないのに。

「――貴方と僕は、何度も逢っていますよ。ただ、貴方が忘れているだけで」

長い黒髪をさらりと揺らして微笑む榊はどこか寂しげで、胸がちくんと痛んだ。紀斗の人生を台無しにしたのはこの男なのに、…今だって恐怖が失せたわけではないのに、どうして縋るようにしがみ付く腕をいじらしいなんて思ってしまうのか。

「…逢った？　どこで？」

榊が幽閉されていたという結界の張られた部屋は、おそらく本邸でも最も警備の厳重な区域にあっただろう。確かに幼い頃はあの初恋の少女目当てに年賀の挨拶《あいさつ》にも赴いたが、末端の分家、それも男の紀斗が近付けたとは思えない。

「……言いたくありません」

「はっ？」

「紀斗が自分で思い出して下さい。僕にとっては大切な、……大切な思い出ですから」

ちょっと拗《す》ねた表情をすると、一気に印象が幼くなる。思わず見惚れた隙に、一気に視点が高くなった。子どもを抱っこするように、榊が紀斗を抱え上げたのだ。

「お…っ、おい……！」

「紀斗の聞きたいことは、全部教えてあげました。今度は、僕が教えてもらう番です」

「何を、……っ⁉」

軽いめまいに襲われ、思わずぎゅっと目をつむる。そして再び開けた時には、またもや風景が一変していた。ひとけの無いエレベーターホールから、紀斗のマンションがまるごと収まってしまいそうな広さの和室へと。

複雑な彫刻が施された欄間や素人目にも名人が描いたとわかる襖絵《ふすまえ》など、趣向を凝らされた設《しつら》えなのに妙にがらんとして見えるのは、小さな箪笥《たんす》以外、家具のたぐいが一切置かれていないせいだろう。真由が自分の荷物をほとんど実家に持って行ってしまった紀斗の自宅さえ、これほど殺風景ではない。

こんな何も無いところで、榊は普段どうやって暮らしているのか。悠長に想像している余裕など無かった。唯一、生活感を滲ませている絹の布団——大人三人がゆったりと休めそうなそれに下ろされ、覆いかぶさられてしまっては。

長い黒髪が甘い匂いを振りまきながら滑り落ち、帳《とばり》のように紀斗の視界をさえぎる。

「…う、…あ、ああ、……っ」

突き飛ばそうとした両手を押さえ付けられ、治まっていたはずの悪寒がぶり返した。…そうだ。三年前もこうして身体の自由を奪われ、いいようにもてあそばれて…。

『この役立たず。あんたとなんて結婚するんじゃなかった』

実家に帰る前、真由が吐き捨てていった台詞《せりふ》が未だに胸に突き刺さっている。この身体さえまともな男のままだったら、きっと今頃、真由と幸せな家庭を築けていた。人生を台無しにした相手に再び組み敷かれるなんて、屈辱を味わわずに済んだのだ。

「……ああ……っ」

憎悪も露わに睨み付けてやったのに、榊は歓喜にぶるりと身を震わせる。

「見てる…、…紀斗が、僕を…僕だけを……」

「お…、前…っ…」

「もっと見て。僕を、その澄んだ穢《けが》れ無い瞳に映して下さい。そのためだけに忌々しい女どもを追い出し、当主の座についたのですから…」

甘く紡がれる囁きに、またかすかな違和感を覚える。

三年前の榊は、もっとたどたどしいしゃべり方だった。まるで言葉を覚えたばかりの子どもが、初めて会話をするかのように。

――いや、本当に初めてだったのかもしれない。

振り解こうとする手から、わずかに力が抜けた。

榊の世話役たちは、榊に話しかけることを禁じられていたという。生まれてから十七年もの間話し相手の居ない環境に置かれた榊にとって、二年前のあの日こそ、初めて会話らしい会話をした日なのかもしれない。

……性格が極端なのも、ひょっとしたら……。

「…紀斗…、僕の紀斗…」

歓喜に唇をほころばせたまま、榊は紀斗のベルトを片手で器用に外した。おもむろに頭を下げ、ファスナーの金具を咥《くわ》える。

じいい、と小さな音がした。

「や…っ、やめてくれ……!」

はっと我に返った紀斗は長い髪を引っ張るが、榊は止まってくれない。むしろ嬉々としてファスナーを下ろし、下着に包まれた股間《こかん》に熱い吐息を吹きかける。

「はあ…、……あぁ……」

ただでさえ蠱惑的な声に官能が混じり、蜜《みつ》のようにどろどろと蕩《とろ》けた。

「紀斗の匂い…、紀斗の、僕の紀斗の……」

「離せっ…、離せって…」

激しくかぶりを振るたび、紀斗の声もまた甘い熱を孕《はら》んでいった。部屋じゅうに満ちた熟れた果実と花の匂いが、頭をくらくらと揺らす。

「紀斗…、紀斗、紀斗、…紀斗ぉ…」

榊は高い鼻をためらいも無く紀斗の股間に埋め、何度もうごめかせながらそこの匂いを吸い込む。下着越しに感じる吐息にぞくぞくと腰がわななくのは気色悪さのせいか、正気を奪っていく甘い匂いのせいか。

「…う、…うっ…」

ぐり、と脚に擦り付けられた榊の股間の熱さと硬さに背筋が粟立《あわだ》った。

……こいつ、興奮してる。

三年前のあの時と同じだ。花婿姿の紀斗にそうしたように、紀斗の性器を尻に銜え込み、精液を搾《しぼ》り取るつもりなのだ。

「…やめ、ろ…、俺は、…俺には、妻が…」

「――あんな雌豚が、妻?」

冷え切った声音が、上気した頰をぴしゃりと叩いた。鼻先は股間に埋めたまま、榊は黒い瞳に暗い炎を燃え上がらせる。

「紀斗を裏切って、紀斗の足元にも及ばない駄目男に股を開くような豚が？　紀斗が稼いだ大切なお金で遊び歩くゴミクズが？」

「…何で…、知って…」

「紀斗は僕の大切な紀斗だもの。…誰にも害されないよう、見守るのは当然でしょう？」

監視されていたのだ――理解したとたん、全身に広がりつつあった熱がすうっと引いていった。代わりに別の熱が宿る。…怒り、という名の熱が。

「…誰のせいだと思ってるんだよ」

紀斗はふらつく脚を上げ、どん、と榊の腰に振り下ろした。身体が自由に動けば渾身の突きを腹に何度も叩き込んでから蹴《け》り上げ、投げ飛ばしてやっている。

「お前があんなことさえしなければ、俺は真由と幸せになれたんだ。真由だって、ずたぼろに傷付いて外に救いを求めたりしなかった。…真由をあんな女にしたのは俺と、……お前じゃないか！」

「…、紀斗……」

ゆっくりと上げられた顔が深い悲しみに彩られる。

雨に打たれてしおれた白い花のような風情に、かすかな良心の呵責《かしゃく》を覚えたのはつかの間だった。

「あの女と、別れて下さい」

「な、…に、言って…」

「あの女は貴方にふさわしくない。…貴方の傍に居ていいのは、貴方だけを心から愛し、貴方だけを見詰め、貴方だけのものになって、貴方のためなら全てをなげうてる者だけです」

そしてそれは自分だと、吊り上がった唇は宣言していた。

…知っている。覚えている。紅く色付いた唇のやわらかさも、肉茎に吸い付いた時の弾力も。

その口内の熱さも、濡れてぬるぬると絡み付く粘膜の感触も…。

「――僕なら」

白い手が下着のウエストにかけられた。ひゅっ、と喉が勝手に乾いた息を吸い込む。

「貴方だけを愛します。…いいえ、もう愛しています。だから貴方も…」

「い、…あ、あぁっ」

「僕だけを、愛して下さい」

身体に力さえ入れれば、いっそ殺してくれと叫んでいただろう。…でなければ、耐えられない。かつて男のプライドをずたずたに引き裂いていった相手に、再びそこをさらけ出すなんて。

萎《な》えたままの肉茎を見詰め、榊は無言で目を瞠《みは》る。

「……」

溜め息が聞こえると同時に紀斗はぐっと唇を引き結び、顔をそむけた。熟れた甘い香りに身体は火照《ほて》っているのに、そこだけは何の反応も示さないのだ。さぞかしこっけいだろう。三年前の紀斗が己の中で何度上り詰めては果てたか、知っていれば尚更《なおさら》。

またか、と嘆息する真由の軽蔑《けいべつ》しきった顔が頭をよぎる。榊も同じ顔をしているに違いない。

悔しくてたまらないが、不思議な安堵《あんど》もあった。少なくとも紀斗のそこが役に立たなければ、三年前のように交わらされず、真由を二度も裏切らずに済む。相手が先に浮気したからと言って、自分にも許されるとは思えない。

「ああ…、これなら……」

喜悦の滲む呟《つぶや》きに思わず眼差しを上げれば、榊は白い頬を隠しきれない興奮に染めていた。

――何だろう。嫌な予感がする。この上無く大事なことを忘れているような、嫌な予感が。

「これなら、誰とも…あの女ともまぐわえませんでしたね。良かった…僕の紀斗は、綺麗《きれい》なまだ…」

「うぁ…っ」

性器に擦り寄せられた頬の熱さに、びくん、と両脚が跳ねる。

榊は紅い舌をちらつかせ、落ち着き無くさまよう紀斗の視線を釘付けにした。そっと手を添え、肉茎を根元から先端まで舐め上げていく。

「…わかったら…、さっさと、放せよ。俺はもう、誰とも寝られないんだから」

羞恥《しゅうち》と屈辱をどうにか呑み込んで言ったのに、榊は甲斐《かい》の無いはずの愛撫《あいぶ》をやめない。しぼんだ嚢《ふくろ》に指先を這わせながら、肉茎を唾液まみれにしていく。

「大丈夫。寝られますよ」

「……は、ぁ？」

「だってほら…、僕はもう、こんなに……」

名残惜しそうに肉茎を解放し、榊は紀斗にまたがる格好で膝立ちになった。ジャケットを脱ぎ捨て、ズボンの前をくつろげると、躊躇《ちゅうちょ》無く下着を下ろす。

待ちかねたように飛び出た肉杭《にくくい》に、紀斗は思わず息を呑んだ。手を添えられなくても臍《へそ》につくほど反り返ったそれは記憶にあるよりもはるかに長大で、太さも増し、赤黒い刀身に浮かび上がった血管がどくんどくんと力強く脈打っている。紀斗のそこが正常だったとしても、遠く及ばないだろう。

「何で…、そんなに、でかくなってるんだよ…」

三年前に十七歳だったということは、今の榊は二十歳だ。確かに成長期ではあるが、そこは身長や体格ほど大きく変わらないはずである。

「紀斗を、愛したかったから」

榊は紀斗の右手を持ち上げ、己の股間に導いた。反射的に引っ込めてしまいそうになる指ごと、滾《たぎ》る刀身を握り締める。

「愛されるだけではなく、愛したかったから。…だから、僕は…」

「あ、…ああ、……あっ！」

ぐんと硬度を増す刀身の熱さと全身を舐め回す物欲しそうな眼差しに、紀斗はようやく悟った。自分が今まで、何を忘れていたのか。

……こいつは、男だ。

真由とは違う。相手を組み敷き、犯すことが出来る。たとえ相手がその気にならなくても、強引に身体を割り開ける身体を持っているのだ。三年前の紀斗が強いられたように。

「お、…俺を、…犯すつもりなのか…」

「犯す？　…まさか。そんなこと、するわけがないでしょう？」

榊はそっと紀斗に覆いかぶさり、耳朶《じだ》に唇を寄せる。絹糸よりもつややかでなめらかな髪から漂う熟れた匂いに、脳が甘く揺さぶられる。

「愛するんですよ。三年前に出来なかった分まで、たっぷりと…」

「や、…あっ」

「今度は紀斗を、僕でいっぱいにしてあげたい。この可愛いお尻もお腹もお口も、僕の匂いしかしなくなるまで。……あの女のことなんて、考えられなくなるように……」

嫌だ、と叫んだつもりだった。妻とも交われない身体にした張本人に、今度は犯されるなんてまっぴらだと。

「あ、…ぁ…んっ……！」

けれど耳朶に歯を立てられ、実際に溢れたのは消えてしまいたくなるような嬌声《きょうせい》だった。

耳だけじゃない。肉刀ごと握り込まれた手から、擦れ合う頬から、いやらしく撫で上げられる項から、…触れ合ったありとあらゆる部分から電流のように快感が流れ、抵抗の力を奪っていく。

「あ……あ、…僕の紀斗…、貴方は、なんて可愛らしい……」

耳に吹き込まれる吐息が、腰が砕けてしまいそうなほど妖艶《ようえん》な響きを帯びる。

「早く、僕でいっぱいにしてあげなくては」

「ん……ぁっ、ああ……」

「紀斗の中も、外も……じゃないと、……が……」

興奮に喉を鳴らし、榊は黒い瞳を光らせた。すると乱れたスーツや下着、靴下にいたるまで一瞬で消え失せ、紀斗は生まれたままの姿をさらしてしまう。服だけを転移させたのか。十七年もの間閉じ込められ、修行など受けられなかったはずなのに、ここまで繊細な神の力の使い方をどうやって習得したのだろう。

紀斗の手の中で、無理やり握らされた肉刀がぶるりと胴震いする。

「は…っ、紀斗……！」

「やっ、やだっ、や、……っ」

嫌な予感にかられ、引っ込めようとした手を、榊は強引に紀斗の腹の上へ固定した。どくんと大きく脈打った肉刀の熟した先端から、白い熱の奔流がほとばしる。

「あ、あっ、……あー…っ……！」

無防備な腹に降り注ぐ精液のおびただしい量も、肌を焼かれそうなほどの熱さも、絡み付いて取れなくなる粘り気も、紀斗には恐怖でしかなかった。顔を逸らそうとしたのを見透かしたように、榊は項から回した手で紀斗のおとがいを押さえ付ける。

「…駄目ですよ、見ていなくては」

「ひ…んっ、あ、あつ、い…」

「そう、熱いでしょう？　僕が紀斗を思っている証なんですから…、…僕の愛情まみれになっていくところを、ちゃんと見ていてもらわなければ…」

身勝手に囁かれながら、肉刀を握る手を動かされる。ごしゅごしゅと扱《しご》かれ、刀身の中の精液までもが残らず吐き出された。呼吸をしただけで脇腹からどろどろと流れ落ちる量に、紀斗は圧倒される。

そしてますます強くなる、果実と花の香り――。

「…い、…やだ…、あ、あぁ…」

胸いっぱい空気を吸い込んだとたん、腰がずくんと疼《うず》いた。

覚えのあるこの感覚は三年前、夢中になって榊の身体を貪った時と同じだ。本能の欲求に突き動かされるがまま腰を振り、空っぽになるまで榊の中に精を放った。…今日は、紀斗が貪られる番だ。

「紀斗…、紀斗。ほら、見て。恥ずかしがらないで」

「…う…ぅ、うっ、あ……」

「貴方の綺麗な肌に、僕のが染み込んでいきますよ…」

肉刀を握らせていた手を、榊は精液をぶっかけられた腹に這わせていく。うっすら浮かんだ腹筋の畝《うね》に、はあはあと呼吸に合わせて上下する胸に、ひとりでに尖《とが》ってしまった乳首に、紀斗の体温を吸った白い粘液がなすりつけられる。

「ん……ぁっ…！」

くにゅ、と押し潰《つぶ》された乳首から、今までとは比べ物にならないほど強い快感が走った。股間は相変わらず萎えたままなのに、忘れかけていた感覚…射精が近い時のような感覚がひたひたと押し寄せてくる。ただ、自分の指で胸に触らされただけで。

「僕の、紀斗…」

顔を上げた榊が何をするかなんてわかりきっていたのに、紀斗はまぶたを閉ざし、薄く唇を開いてしまった。紅い唇から覗く舌が、ひどく美味《おい》しそうに…今にも熟れて木から落ちそうな果実のように見えたから。

「……ん…んっ、んぅ……」

重なった唇からするりと入り込んだ舌は、予想よりもはるかに甘く、濃厚な果肉にも似た味がした。もっと欲しくて舌をうごめかせれば、榊はぶるりと喜びに身を震わせ、己のそれと絡み合わせてくる。

「…っ、ん……」

んく、んく、と喉を鳴らし、紀斗は混ざり合った唾液を夢中で飲み干した。肌を精液まみれにされた時とは違う疼きが身体の内側からじわじわと広がり、乳首をいじくり回される快楽と溶け合う。

さすがにキスくらいは、結婚前にも真由としたことがあった。その時はまだ身体もまともだったけれど、真由の方から舌を入れられ、正直なところ気持ち良さよりも戸惑いの方が強く、自分はこの手の行為には向かないのかもしれないとひそかに恥じていたのに。

「…や…だ、…なんで…」

おもむろに唇を離され、互いを繋ぐ唾液の糸を未練がましく見詰めながら男をなじる日が来るなんて夢にも思わなかった。しかもその相手が、紀斗の人生を台無しにした張本人だなんて。

「可愛い…、僕の可愛い紀斗。そんなにこれが気に入って下さったのですか？」

口の端を伝う唾液を指先で拭《ぬぐ》われ、こくんと迷わず頷く。

…気に入るどころじゃない。こんなに甘くて美味しいものを味わったのは初めてだ。三年前はただ混乱とすさまじい快感の嵐に翻弄《ほんろう》されるだけだったが、じっくり交わっていたら、今みたいにうっとりと酔いしれたのだろうか。

「なあ…、…だから、もっと…」

「ええ、貴方が望まれるなら何でも差し上げますよ。…ですが紀斗、もっと美味しいものを味わいたくありませんか？」

ふだんの紀斗なら、こんな口車には絶対に乗せられなかっただろう。

だが中途半端に満たされた今はさらなる美味を求める本能が理性を喰らい、もっと寄越せとよだれを垂らしている。それがどれほど不自然な事態か、察することなど不可能だ。

「…食べ、たい…もっと、甘いのが、欲しい…」

素直に白状すると、榊は艶麗な笑みに歓喜をしたたらせ、あお向けに横たわった。榊の顔をまたぐ格好で上に乗るよう指示され、紀斗は何の疑いも抱かずに従う。

「あ……」

目の前に、精液に濡れた肉刀がそそり立っていた。猛々《たけだけ》しく漲《みなぎ》り、どくどくと脈打つそれは、ついさっき達したばかりとは思えない。

……俺も、こんなふうになれていたら、真由は……。

一瞬だけ頭をかすめた妻の面影は、むせかえりそうな蜜の匂いに呑み込まれてしまった。背後で、ふっと微笑む気配がする。

「さあ、……どうぞ」

尻を優しく撫でられたら、もう我慢なんて出来なくなった。剝《む》き出しの尻と股間を榊にさらしていることなんて、どうでもいい。

食べたい……食べたい、食べたい。

「…ん…ぐっ、ん、んー……」

湧き上がる飢えのまま、紀斗は榊のものにしゃぶりつく。

忌避感も違和感も、覚える前に霧散していった。刀身に付着した精液も、先端から溢れ続ける先走りも、唾液を凌駕する濃厚な蜜の味で紀斗の飢えを癒してくれる。

「ふ…っ、あぁっ！」

もっと深く咥えようとした瞬間、割り開かれた尻のあわいに濡れたものが這わされた。榊の舌だと、振り返るまでもなく理解する。ぬるりとなぞられただけで、蕾《つぼみ》が甘く疼いたから。

……あ…あ、入ってくる……。

濡らされた蕾の奥に、肉厚な舌が侵入してくる。締め付けようとする媚肉をあやすように舐め、かき分けるそれは人間にしては長すぎるが、まるで気にならなかった。粘膜でじかに味わう唾液は、腰が砕けてしまいそうなくらい美味しいから。

「……んっ…！」

勢い良く頬張った肉刀の先端が喉奥を突いた。ともすれば窒息しそうな苦しささえ、今の紀斗には快楽を引き立てるスパイスでしかない。

「う…、ん、んっ、んっ…」

首を上下させ、自ら喉に先端を何度もぶつけるうちに、尻の中に埋められた舌の動きもどんどん激しくなっていく。最初は優しく媚肉を濡らしていたそれは、尖らせた先端で内壁をこそぐように抉《えぐ》り、ぐちゅぐちゅと淫《みだ》らな水音をたてる。

三年前と同じだ。あの時も互いの荒い呼吸に混じり、耳をふさぎたくなるほどいやらしい水音が響いていた。違うのは、今は紀斗が貪られる側に変わったことだけ。

……いや、本当は何も違わないいんじゃないか？

三年前、榊の尻を犯したのは確かに紀斗だった。でも貪っていたのは榊の方だ。紀斗を最奥まで銜え込み、何度も果てさせて、紀斗の悲鳴や苦痛、屈辱までも貪り尽くした。

肉刀を突き入れる側であろうと受け容れる側であろうと、おそらくこの人間離れした美貌の男には関係無いのだ。大事なのは、紀斗と繋がることだけ。繋がって、一つになって、溶け合って……そして……。

「……ふ…ぅっ…！」

頭に何かが浮かびそうになった時、喉奥に咥え込んだ榊の肉刀がぶるりと震え、先端から大量の精液をぶちまけながら弾けた。

紀斗は限界まで開いていた口をさらに開き、脈打つ刀身にしゃぶりつく。ようやく与えられた極上の精を、一滴もこぼさないように。

「う、…うぅ、んー……」

二度目とは思えない量の精液は紀斗の喉を焼き、胃の中へと流れ落ちていく。

尻をぶるぶると小刻みに震えさせながら、紀斗は唾液よりもいっそう甘く豊潤な味に我を忘れた。…榊は正しかったのだ。唾液も今まで口にしたものの中で一番美味《うま》かったが、どくどくと喉を伝い落ちる精液とは比べ物にもならない。一度知ってしまったら最後、これ無しではいられなくなる極上の味だ。

「…ん…、んっ、んんっ」

だから榊が蕾から舌を引き抜き、のそりと起き上がろうとする気配がした時、紀斗は肉刀をしゃぶったままいやいやと首を振ったのだ。これだけじゃ足りない。もっともっと、何度でも榊を味わいたい。目の前で蕾が物欲しげにぱくぱくと口を開けているのだから、榊だってわかっているはずなのに。

……ああ、俺も榊のことは言えない。

紀斗もまた、別の自分になってしまったようだ。榊という極上の肉を喰らい、貪り尽くす、浅ましく淫らな自分に。

「…お願いです、紀斗」

苦しげに喘《あえ》ぎ、榊は紀斗のわななく尻たぶに口付けた。ぐちゅりと蕾の中に突き入れられた指は、たっぷり塗《ぬ》り込められた唾液のおかげで難無く沈んでいく。

「ん…っ、うぅ、…ふぅっ…」

「僕を、受け容れて下さい。貴方と身も心も繋がることを考えるだけで、僕は…」

懇願と共に、果てたばかりのはずの肉刀が紀斗の口内でみるみる熱を帯びる。

同じ人間とは思えない回復力に、紀斗は圧倒された。紀斗と繋がる妄想だけでこれなら、本当に繋がったならどれほどたくさんの精を飲ませてくれるのだろう。…さんざん舐め蕩かされた蕾で味わう精液は、どれほど甘いのだろう？

「紀斗…、紀斗、紀斗、紀斗……」

それだけしか言葉を知らない子どものように紡がれる囁きは、三年前の記憶を引きずり出した。紀斗のものを咥え込み、中に出されて歓喜に腰をくねらせていた榊が、いつしか紀斗自身に変わっていく。

……そんなに、気持ちいいんだろうか？

榊と無理やり交わらされ、真由に役立たずと罵《ののし》られて以来、誰かと繋がることに嫌悪感しか抱けなくなっていた。ましてや自分が受け容れる側になるなんて、ふだんの紀斗ならふざけるなとはねつけているところだ。

「…は…、…やく…」

けれど気付いたらあれだけ咥え込んで離したくなかった肉刀から顔を上げ、肩越しに懇願していた。尻の中に入り込んだ指をきつく締め付け、腰を振りながら。

大きく見開かれた黒い瞳の虹彩が一瞬だけ金の光を放ち、縦に裂ける。

「……ああ！」

歓声と同時に腰を鷲摑《わしづか》みにされ、くるりと身体の向きを入れ替えられた。上体を起こした榊の腰にまたがる体勢は、三年前とちょうど正反対だ。初めて男を受け容れるにはつらい体位をわざわざ取らせた理由など、わかりきっている。

「……紀斗、……ああ、紀斗、紀斗、僕の紀斗……」

「あ、…っ、あぁ、あ……」

見届けるため――そして、見届けさせるためだ。紀斗がどんな顔で、榊と繋がるのか。榊がどれほど、この瞬間を待ちわびていたか。

蕾にあてがわれた先端は、紀斗が腰を下ろすだけでたやすく腹の中にめり込んでいく。

「…ひ…っ、あ、ああ…、あ…っ…!?」

半分ほど沈んだところで爆《は》ぜたそこからほとばしる精液は、なおも突き進む肉刀によって栓をされ、最奥へと押し上げられていった。内側から焼かれてしまわないのが不思議になるくらい熱い液体に、媚肉は歓喜にざわめきながら絡み付き、もっと欲しいと浅ましくねだる。

……何だこれ……何だ、何なんだ……!?

違和感も気色悪さも、まるで無かった。むしろ欠けていた何かがようやく嵌まり、一つになった安堵に心は満たされていく。

三年前、どうして榊はあんな真似をしたのか――ずっと抱き続けてきた疑問が氷解した。これほどの快楽を、充足感を、味わわずにいられる者など居ない。

榊と紀斗は二人で一つ。分かたれている方がおかしいのだ。

「…さか、…き…」

快感に上擦《うわず》った声を紡いだとたん、腹の中のものが脈打ち、媚肉をぐぷりと押し広げた。腹を内側から食い破られてしまいそうな圧迫感すら心地よくて、紀斗は榊の首筋に腕を回す。

「……っ、ああ、紀斗……！」

「うぁ…っ…」

淡く染まった肩口に、榊は感極まったように歯を立てる。根元まで収まった肉刀を食《は》み締めれば、力強い脈動と共に榊の歓喜がじわじわと媚肉に溶け込んだ。

……今まで、こいつの名前を呼ぶやつは居なかったのかな。

結界に閉じ込められていた間も、当主の座を奪い取った今も――だとしたらそれはとても悲しいことに思えて、紀斗は榊をぎゅっと抱き締めた。

――何度榊《さかき》に縋《すが》り、もっと中に出してとねだったのか。何度榊の精液を受け止め、絶頂の階段を駆け上ったのか。

はっきりとは覚えていない。確かなのは、射精とは比較にならないほど強烈な快楽を極めておきながら、股間《こかん》の肉茎は一度として反応しなかったことくらいだ。だがその程度、何の障りにもならなかった。榊のものを銜《くわ》え込んでいれば、快楽は潮のように、何度引いても押し寄せてきたから。

榊が体勢を替えようとするたび、咥え込んだものが抜けてしまわないよう必死にしがみついた。そんなに欲しがってくれるのかと榊は女神にも勝る美貌《びぼう》を蕩《とろ》かせ、望むだけ精液を注いでくれた…。

「う、……ぐうっ……」

目覚めるなり怒濤《どとう》のごとくよみがえった記憶に、紀斗《のりと》は布団の中で頭を抱えた。体内を荒れ狂っていた熱は、深い眠りが冷ましてくれたようだ。今は思い出すだけで、猛烈な後悔と自己嫌悪に襲われてしまう。

……何で俺は、あんなことを……！

人生をめちゃくちゃにした男に犯され、拒むどころか善がりまくるなんて正気の沙汰《さた》じゃない。…そうだ、きっと狂っていたのだ。今も室内に漂う、甘い匂《にお》いに。さもなくば、男に縋って精液をねだるなんてありえない。

あれほど悩まされた股間が、今の紀斗にとっては救いだった。

おかしくなっていたとはいえ、榊に犯されて気持ちよくなったのは事実。だが三年前と違って一度も射精しなかったのだから、きっとまだ引き返せるはずなのだ。あれはたった一度きりの気の迷いだと、己に言い聞かせる。

「はあ……」

ともすれば頭を駆け巡りそうになる記憶をどうにか押し込め、紀斗は額を押さえながら起き上がった。相変わらず生活感皆無の和室には、紀斗だけしか居ない。耳を澄ませてみても、何の物音も聞こえてこなかった。どうやら榊はどこかに出かけているようだ。

紀斗はほっと息を吐いた。天喰《あまじき》家の当主ともなれば、やるべきことは山積しているだろう。

しかも、駅を大規模な妖鬼の群れが襲ったばかりである。紀斗一人に構っている暇など無く、当分の間は戻って来ないはずだ。

……男が天喰家の当主、か。

男しか居ない光景を見せ付けられても、未だに信じられなかった。三年前、紀斗を襲った直後に当主である月予《つきよ》と跡継ぎの月重《つきえ》を巫女《みこ》たち共々追い出したというのが事実なら、榊はたったの三年で天喰家を掌握したことになる。それまで結界に閉じ込められ、ろくに人と関わったことすら無かった男が…。

恐ろしいのは、三年間、月重たちの追放について噂《うわさ》すら流れてこなかったことだ。一族の在り方を根底からくつがえしかねない大事件である。末端とはいえ八奈木《やなぎ》家も、真由《まゆ》の実家の鳴《な》海《み》家も一族に連なるのだから、噂くらい聞いてもいいのに、何の変化も耳に届かなかった。

それは榊が完璧に情報を…ひいては男たちを支配している証拠だ。そして紀斗は、天喰家の新たなる支配者の寵愛《ちょうあい》を受けた…。

「……早く、帰ろう」

凍り付きそうな寒気を感じ、紀斗は布団から這《は》い出した。

幸い…と言っていいのか、内も外も精液まみれだったはずの身体は綺麗《きれい》に清められ、清潔な絹の単衣《ひとえ》を着せられている。探すまでもなく、枕元の乱れ箱にもともと着ていたスーツ一式と、ご丁寧にもスマートフォンと財布まで収められているのを発見した。

「…くそ、駄目か」

スマートフォンの電源を入れるが、圏外だ。おそらくこのフロアだけ、電波が届かない仕組みなのだろう。室内にはパソコンやテレビなども置かれていないので、外部との通信は不可能だ。…もっとも、警察に通報したところで、天喰家の当主の部屋まで助けに来てくれるとは思えないが。

榊が戻る前に、自分で脱出するしかない。紀斗は手早くスーツを身につけ、広すぎる部屋を出た。鍵がかかっていなかったことに安堵《あんど》しつつ廊下をさまよい、何とか見覚えのあるエレベーターホールを見つけ出す。

紀斗が歩き回った限り階段は無かったから、一階に下りるにはエレベーターを使うしかない。だがこのエレベーターは、生体認証で制御されているようだった。果たして紀斗だけでも動いてくれるのか。

「認証が完了しました」

どきどきしながら乗り込んだら、アナウンスと共にパネルが点灯し、階数が表示された。今居る最上階『S』の下は四階だから、この別邸は五階建てのようだ。

どういう仕組みかはわからないが、天の助けである。紀斗は迷わず一階を選んだ。ほどなくして扉が開くと、近くに人影が無いのを確認し、ひとまず近くの柱の陰に隠れる。

大勢の男たちに迎えられたロビーは、あの時と打って変わって人っ子一人居なかった。

……仮にも天喰家の邸《やしき》が、こんなに無防備でいいのか？

さすがに不審を覚えたが、今は逃げ出すのが先だ。紀斗はエレベーターの近くに裏口らしい扉を見付け、夢中で外に飛び出す。

「…出ら、れた…？」

誰かに捕まるのではないか、扉を開けたら榊が待ち構えているのではないかと不安で胸が潰《つぶ》れそうだったが、榊はもちろん、天喰家の者らしい姿も無かった。紀斗はビル群の中でもひときわ目立つ豪奢《ごうしゃ》な建物を離れ、しばらく早足で歩き続けてから、目についたコンビニに駆け込む。

祈るような気持ちでスマートフォンを取り出せば、電波が繋《つな》がっていた。やはりあのフロアだけ、通信が阻害されていたようだ。表示された日時に、紀斗は息を呑《の》む。駅を妖鬼たちが襲撃し、別邸に連れ去られてから、四日が経過していたのだ。

……俺はあいつと、四日も……。

よみがえりかけた快楽の記憶を追い払い、地図アプリで現在位置を確かめる。妖鬼たちに襲われた駅からそう離れておらず、十五分ほど歩けばたどり着けそうだ。だがあの駅は妖鬼たちによってさんざん破壊された上、多くの乗客が犠牲になったはずである。復旧と警察の捜査のため、封鎖されているかもしれない。

検索してみると、妖鬼襲撃事件に関するニュースはいくつも見付かった。四日前、妖鬼たちは何の前触れも無く駅周辺に出現し、街中の人々には見向きもせず駅になだれ込んでいったようだ。その数は、判明しているだけでも三十体以上。駅職員や乗客、警察官を含めた犠牲者は二百十三人。負傷者を含めれば千人を超えるという、妖鬼がこの国に現れ始めてから最大の被害を記録してしまった。警視庁は対策本部を設置し、政府と連携を取りながら被害者救済と被害の全容解明に全力を注いでいるという。

「う……」

四日前の凄惨《せいさん》な光景が頭を過《よ》ぎり、軽い吐き気がこみ上げた。相当な被害が出ただろうと思ってはいたが、予想以上だ。

記事によれば、出現した妖鬼のほとんどは天喰家の術者たちによって倒されたらしい。個人名や写真は公開されていなかったが、おそらく榊とあの双子たちだろう。どの記事でも妖鬼にまるで歯が立たず、後手に回るばかりの政府と警察の対応を非難する一方、術者一族には称賛と期待が惜しみ無く送られている。特に今回の一件をほぼ一家で鎮圧した天喰家は、救世主のような扱いだ。

法的には私人でしかない一族が過度の期待と崇拝《すうはい》を集める傾向を危ぶむ識者も多いが、実際にあの場に居合わせた身としては、無理も無いと思ってしまう。ライフルさえ傷を負わせられなかった妖鬼を、術者たちはその身で簡単に倒せるのだ。

何ら有効な手段を打てずにいる政府よりも頼りにしたくなるのは、当たり前の心理だろう。

ましてや彼らを束ねるのが、女神よりも美しい男ときては…。

アイドルのような扱いを受けていた月重と違い、榊は今のところ積極的な顔出しをしていないようだが、メディアに露出すれば瞬く間に生きた神のごとく崇《あが》めたてまつられるだろう。天喰家内部においてさえ、男たちの崇拝の的なのだから。

……やはり、あいつの傍に居るのは駄目だ。

人生を台無しにした張本人だから、ではない。絶対的な支配者だった月重たちを巫女ごと追い出し、たった三年で天喰家の頂点に君臨した男――そんなモノに寵愛されたら、周囲の嫉妬《しっと》と反感を買い、ろくな末路をたどれないのは目に見えている。

何故か榊は紀斗に執着しているようだが、紀斗にはあの男と逢った記憶すら無いし、そもそも既婚者なのだ。とうに形骸化《けいがいか》しているとしても…いや、だからこそ、これ以上真由を裏切るわけにはいかない。

スマートフォンには、真由からの着信履歴が何件も残されていた。紀斗があの駅を使うことは知っているから、夫が妖鬼の襲撃に巻き込まれたと気付き、さすがの真由も心配したのだろう。連絡が取れないまま四日も経った今は、まだ身元確認の取れない遺体の中に紀斗が交じっているかもしれず、憔悴《しょうすい》しきっているに違いない。

『あの女と、別れて下さい』

榊の願いなど、聞けるはずがなかった。少なくとも真由は紀斗の妻であり、榊と紀斗のせいで傷付いた被害者だ。真由自身が望まない限り、離婚なんて考えられない。心ならずも裏切ってしまった責任を、男として取らなければならないのだ。

結婚式の直前にも妖鬼に襲われ、危うく喰われるところだった。紀斗の無事を泣いて喜んでくれた真由を思うと胸が痛み、かすかな希望も湧いてくる。もし今も真由が紀斗を案じてくれているのなら、もしかしたら少しは歩み寄れるかもしれない。もとの仲の良かった夫婦に、戻れるかもしれないと。

——紀斗…紀斗、僕の紀斗……。

こびりついて離れない囁《ささや》きを無視し、紀斗はコンビニを出た。駅は運行本数を絞って営業しているようだが、電車を待つのももどかしくなり、通りがかったタクシーを拾って自宅マンションに急ぐ。

「あれ……？」

財布に入れておいた予備のカードキーでドアを開けると、玄関にはローズピンクのパンプスと男物の白い革靴が脱ぎ捨てられていた。パンプスは真由のものだろうが、紀斗はこんな派手な靴を買った覚えは無い。

「……、…あっ……」

嫌な予感にかられながら部屋に上がると、高い声が聞こえてきた。寝室の方からだ。紀斗は足音を忍ばせ、奥の寝室へ向かう。

「あ…っ、あっ、あぁん！」

細く開いていた寝室のドアの隙間から、甘い嬌声《きょうせい》が漏《も》れた。真由のものだと理解したとたん、さあっと血の気が引いていく。

……見たくない。何も知りたくない……！

心の悲鳴を抑え込み、紀斗は寝室の中に滑り込んだ。

ふだんは紀斗が一人で眠る夫婦用のダブルベッドで、真由と見知らぬ若い男が全裸で絡み合っている。生臭くよどんだ空気に吐きそうになるのを必死に堪《こら》えていると、若い男がくっと喉で笑った。

「…いいのか？　旦那が妖鬼に襲われて死んだかもしれないのに、昼間っからこんなことをしてて」

「いい…っ、に、決まってるでしょ…。どうせあの人、役立たずなんだから…いっそ死んでくれてた方がいいわよ。そうすれば生命保険も下りて、貴方の売上にももっと協力してあげられるし…っ…」

話の内容からして、相手は真由が最近入れ込んでいるナンバーワンホストだということはわかった。だがそれ以外がまるで理解出来ない。

夫婦のためのベッドで、どうして真由が自分以外の男と行為に及んでいる？　生命保険なんて、紀斗は加入した覚えも無い。まさか真由が勝手に契約したのか？　…大金を受け取るために？

力の抜けた手からするりとスマートフォンが滑り落ち、ごとんと音をたてる。紀斗の存在にも気付かず腰を振っていたホストが、弾《はじ》かれたように振り返った。

「な…、何だお前!?」

「紀斗……!?」

真由はしがみ付いていたホストの背から慌てて腕を解《ほど》いた。ベッドのあちこちに散らばる使用済みの避妊具や、乱れまくったシーツを見れば、二人が相当長い間行為にふけっていたのは一目瞭然《いちもくりょうぜん》だ。

「えっ、旦那かよ…！」

まさかの夫の登場にさすがのホストもうろたえたが、そこからの行動は素早かった。さっと結合を解くや、脱ぎ散らかしていた服を手早く身に着け、そそくさと寝室を出て行ったのである。

「……無事だったのね」

逃げ去るホストの背中を呆然《ほうぜん》と見送っていた真由が、ぼそりと呟《つぶや》いた。皮肉交じりのそれは、とても夫の無事を喜んでくれているとは思えない。

「真由…、お前…」

「私、悪くないわよ」

キスマークだらけの裸を隠そうともせず、真由は紀斗を睨《にら》んだ。刺々《とげとげ》しい眼差しに、膨《ふく》らみかけていた怒りがたちまちしぼんでいく。

「悪いのは全部のりくんじゃないの。結婚してからずっと私を放っておいて…」

「それは、悪かったと思ってるよ。でも、俺が死んだかもしれないのに、あんな男を連れ込むなんて」

「——あんな男？」

真由はまなじりを吊《つ》り上げ、思わず後ずさりそうになる紀斗をせせら笑った。

「少なくとも貴方よりはマシよ。ユウヤは私が好きなだけ満足させてくれるもの。…さっきみたいにね」

「じゃあ、さっさと俺と別れて、そいつと再婚すれば良かったじゃないか。そうすれば…」

「悪いのはのりくんなのに、どうして私が離婚なんてしなくちゃならないの？　のりくんは一生、責任取って私を養わなきゃいけないの。役立たずなんだから、それくらいやって当たり前でしょう⁉」

苛々《いらいら》と放たれた言葉は、紀斗の心を深く貫いた。真由が実家に帰る前にもさんざんなじられ、すっかり慣れたつもりだったのにやたらと胸が痛いのは、久々に顔を合わせたせいか。

「だいたい、のりくんは……」

なおも罵倒《ばとう》を浴びせようとしていた真由が、ぴたりと口を閉ざした。まばたきすら止め、紀斗を――ではなく、その後ろを凝視している。

「いい加減、ありもしない罪で僕の紀斗を責めるのはやめろ。この薄汚い雌豚が」

「……！」

振り返るより早く、背後から回された腕が絡み付いた。

きつく抱きすくめられて身動き一つ取れないが、誰なのかは確かめるまでもない。吸い込むだけで心をとろかす甘い匂いの主も、紀斗をこんなに大切そうに抱くのも、たった一人しか存在しないのだから。

「…榊…」

「可哀想に、紀斗。貴方は何も悪くないのに、こんな女のせいで傷付けられて…」

つらかったでしょうといたわられ、不覚にも目尻が熱くなった。真由が居なかったら、涙を堪えきれなかったかもしれない。この男こそ、今の状況を作り出した元凶なのに。

…優しくされたのは、初めてだったから。義両親は真由の不貞を知っても紀斗のせいだと憤りこそすれ、娘を咎《とが》めようとはしなかった。いつだって悪いのは紀斗で、紀斗自身もその通りだと思い込んできたのだが。

「…ありもしない罪って、何なのよ。紀斗が悪くないってどういう意味？」

紀斗と同じ疑問を真由がぶつけた。ブランケットを引き上げ、さっきまでは堂々とさらしていた裸を隠しながら。榊の人間離れした美貌は、怒り狂った真由にも有効らしい。

「第一、あんた誰なのよ。どうやってここに入ってきたの？」

「僕の可愛《かわい》い紀斗。貴方には真実を知って頂く必要があるからとはいえ、こんな目に遭わせてしまい申し訳ありませんでした。これが済んだら、二度とこの腐れ女とは関わらせませんから許して下さい」

真由の疑問を黙殺し、榊は紀斗に頬を擦り寄せる。

いっそう強くなった果実と花の香りにくらりとしつつも、紀斗は悟った。妙にすんなりと別邸を抜け出せたのは、榊が敢《あ》えて逃がしてくれたからだったのだと。月重をしのぐ神の力を誇る榊のことだ。真由が今日、ユウヤとかいうあのホストを連れ込んでいるのもお見通しだった可能性は高い。

だが、そうまでして紀斗に知らせたかった『真実』とは何なのか？

「この雌豚はね。三年前…貴方と結婚する前に、妊娠していたんですよ」

「…え、…っ？」

一瞬、何を言われたのかわからなかった。

三年前に真由が妊娠していた？　そんなの、ありえないではないか。だって、だって…。

「俺は、真由を抱いてない…」

「ええ。もちろん貴方の子ではありません。…浅ましくも貴方と同時に交際していた、ホストの子どもですよ」

初耳だった。恋人として交際していた間、真由から自分以外の男の存在なんて感じたことは無かったのだ。

榊の嘘《うそ》に違いないと思いたかった。だが反射的に見た真由は青ざめ、わなわなと唇を震わせている。

紀斗の視線に気付き、真由は取り繕うように叫んだ。

「ば、馬鹿なこと言わないで！　何の証拠があってそんな…」

「証拠なら、ここに」

榊が虫でも払うように手を振ると、真由の頭上からばさばさと何枚もの書類が降ってきた。拾い上げた真由の顔から、全ての感情が抜け落ちていく。

「…嘘…、何でこんなものが…」

「この程度、天喰家の力をもってすれば造作も無い」

榊はもう一度手を振り、真由の手から書類を取り上げると、紀斗の前にかざしてくれる。真っ先に目に付いたのは、どこかの産婦人科のものとおぼしきカルテだった。そこに記された患者の名前に、紀斗はひくりと喉を鳴らす。

「…真由が…、妊娠していた…？」

最初の診察の日付は三年前、真由から結婚を切り出された日だ。偶然にも姉の誕生日だったから、記憶に残っている。だが当然、紀斗に真由を妊娠させた覚えは無い。ならば相手は誰なのか。

その答えも、榊は用意していた。カルテを放り捨て、人工妊娠中絶手術同意書と記された書類を渡してくれる。

患者の名前はやはり真由だ。だが、同意日付は紀斗と結婚した後にもかかわらず、パートナーとして記入されたもう一人は知らない男の名前である。榊が言っていた、紀斗と同時に付き合っていたというホストだろうか。いや、それよりも――。

「…っ、この日付……！」

ぐしゃりと書類を握り潰す音に、真由は細い肩を震わせた。おどおどと紀斗を窺《うかが》う双眸《そうぼう》は、恐怖と気まずさに揺れている。

それもそうだろう。真由が中絶手術を受けたらしい日…この頃の真由は、すでに実家に帰っていたのだ。両親のもとで傷心を癒《いや》していたはずの真由が、実際はひそかに中絶手術を受けていたという証拠なのだから。

にわかには信じられない――信じたくなかったが、真由が紀斗と結婚前に他の男の子を妊娠していたとすれば、納得出来ることもたくさんあるのだ。

プロポーズから挙式まで異様に早かったのは、時間をかければ妊娠を隠しきれなくなってしまうからだったのだろう。真由がウェディングドレスのデザインにやたらとこだわっていたのも、万が一にも膨らみかけたお腹に勘付かれないようにするためだったに違いない。

そしておそらく、義両親も真由の妊娠を知っていたはずだ。腹の子の父親が、紀斗ではないことも。結婚式の費用のほとんどを支払い、実際の段取りをつけたのは義両親である。実家に依存していた真由が妊娠を伏せたまま式を挙げるのは不可能に近い。

きっと義両親はその上で、紀斗と真由を結婚させた。何故なら。

「…お腹の子を、俺の子にするためか」

「の、のりくん、違うの、聞いて。私、そんなつもりじゃ」

「じゃあ、何のつもりだったんだ？　そこまでしてお腹の子を産むつもりだったくせに、どうして中絶した？」

低く問う夫を、真由は今にも噛《か》み付きそうな目で睨んだ。その口が毒々しい呪《のろ》いを吐き出す前に、榊が割り込む。

「そもそもこの雌豚は、貴方と結婚するつもりなど無かったのでしょう。くだんのホストに惚《ほ》れ込み、結婚したい一心で妊娠までしたのに、中絶を迫られてしまった。だから軽い遊びのつもりで声をかけた貴方を急きょ本命に定め、まんまと結婚して子どもを産もうとしたのです。

……汚らわしい」

「う、……っ」

嫌悪も露《あら》わに吐き捨てられ、真由はうつむいた。さすがの真由も、神々しいまでの美貌の主に軽蔑《けいべつ》されるのは堪《こた》えるのか。ブランケットをきつく握り締める手に、ぽたぽたと涙の雫《しずく》が落ちる。

「…じゃあ、どうすれば良かったの…?」

「ま、真由……」

「私…、あの人のこと、本当に好きだった。愛してたの。だから子どもだけでも産みたかったのに、パパとママは父親の居ない子を産むのなんて許さないって…どうしても産みたいのなら、ちゃんとした父親を見付けなさいって…」

だから紀斗との結婚を急ぎ、式の前にもしきりに関係を持とうとしたのか。腹の中の子が紀斗の子だという証拠を作るために。

だが真由の意に反して紀斗はいっこうに手を出そうとせず、式直前に榊に襲われたせいで女性を抱けない身体になってしまった。そうこうするうちに腹の子が紀斗の子と言い張れる期間を過ぎ、泣く泣く子を堕ろさざるを得なくなってしまい、実家に帰ってひそかに手術を受けたのだろう。鳴海の義父の息がかかった病院なら、多少の融通はきかせてくれるはずだ。

「…のりくんが、悪いのよ…」

真由は背中を丸め、大きくしゃくり上げた。

「のりくんさえ私を抱いてくれていれば、私はあんなつらい思いをせずに済んだ。今頃、親子三人で幸せに暮らせていたのに…っ」

「真由…、お前……」

身勝手極まりない言いぐさに、めまいがしそうだった。

義両親ぐるみでずっと騙《だま》されていた怒り。にもかかわらず一方的に悪者にされ、責められ続けた悲しみ。そんな女と、もしかしたらやり直せるかもしれないと期待していた虚しさ。負の感情はどろどろと胸の中で混ざり合い、渦を巻いているのに、まるで言葉が出て来ない。

「――ふざけるな、あばずれ。僕の紀斗は何も悪くない」

代わりに糾弾《きゅうだん》したのは榊だった。いわれの無い恨みから紀斗を守るように抱き締める。

「この状況は、全てお前とお前の両親が招いたもの。お前が被害者面で安穏と暮らす間、踏み付けにされた紀斗がどれだけ苦しみ続けてきたと思っている」

「…っな、何であんたにそこまで言われなきゃならないの。あんた、何様なの…、よ……」

ばっと上げられた真由の顔が、恐怖に引きつった。ぶるぶるとけいれんする手からブランケットが滑り落ち、乳房が丸見えになる。

「――私が誰か？」

支配者の…いや、聞く者を無条件でひれ伏させる神の声だった。その腕に守られている紀斗すら、裸で吹雪の中に放り出されたような不安に叩《たた》き落とされそうになる。

「わずかなりとも天喰の血を引くのなら、わかるだろう。…私は、お前たちに君臨する者だと」

「ひ、……あ、ああっ、天喰の…、……ご当主様……!?」

榊が無言で首肯するや、真由は乱れたベッドの上をのたうち回り、どすんと転がり落ちた。

……真由は月重様と月予様が追放されたことを知らないはずなのに、どうしてわかったんだ？

不審に思いつつも助け起こそうとするより早く、真由は裸のまま勢いよく土下座する。

「お許しを…！　どうか、お許し下さい…！」

「…お前が許しを乞うべきは、私ではないだろう？」

真由ははっと身を起こし、今度は紀斗に向かって頭を下げる。

「のりくん…いえ、紀斗様。お許し下さい…！」

「な、…ま、真由？」

「全ての罪は私にあります。パパとママ、…両親は、私を助けようとしてくれただけなんです。どんな償いでもしますから、どうか…！」

果たして、これは現実なんだろうか。この三年間、義両親と一緒になって紀斗を蔑《さげす》み、浮気現場に踏み込まれてさえ悪びれなかった真由が自分に土下座しているなんて。

「聞かなくていいですよ、紀斗。このあばずれは自分の名誉と生活を守るため、貴方に濡《ぬ》れ衣《ぎぬ》を着せ、搾取《さくしゅ》し続けた。…その罪は万死に値する」

「榊……」

「それに――たとえ優しい貴方が許してやったとしても、僕は決して許しませんから」

地上に降りた女神のように微笑《ほほえ》みながら、榊は残酷に断罪する。

「貴方を傷付けたあばずれも、その血に連なる者も。…今この瞬間から、鳴海家は天喰の一族ではない」

ずん、と空気が肩にのしかかった。見えない足に踏みつけられたような感覚は一瞬で消え失《う》せたが、真由はかん高い悲鳴を響き渡らせる。

「い…っ、いやあぁぁぁぁ！　駄目…、駄目ぇ…っ！」

「真由!?　おい、何が…」

「出て行かないで！　戻ってきてよぉ…っ…」

抜け落ちていく何かを留めようとするかのように、真由は自分を抱き締める。涙目で縋られても、紀斗には何が起きているのかすらわからない。

ただ一つ明らかなのは真由がとても大切な何かを取り上げられたこと——そしてそれを成したのが、榊だということだけだ。

「あのあばずれに流れる血から、神の力を奪っただけですよ」

こともなげに、榊は言い放った。

「神の力を…、奪う……？」

「ええ。むろん、娘と一緒になって貴方を虐げた両親も…鳴海に連なる全ての者からも。どれだけ血族で婚姻を重ねようと、妖鬼を退治出来る者が生まれることはもう無い。鳴海家は一族から外れたと、僕の名で全ての分家に通達します」

それは鳴海家にとって、処刑宣告にも等しいだろう。天喰の一族というだけで受けてきた数々の恩恵を、ことごとく失うのだ。

当主の怒りを買った鳴海家には分家はおろか、一般の家も近付くまい。今のご時世、妖鬼から人間を守れる術者の長に睨まれたい人間は居ない。義父の会社も無事では済まないだろう。天喰家との繋がりで大きくなった会社だから、倒産の可能性もじゅうぶんにある。

……いや、そんなことより…神の力を奪うなんて、本当に可能なのか？

神の力は、榊によれば神と人との間に生まれた子から、血によって脈々と受け継がれてきたものだ。それを当主とはいえ、一方的に取り上げるなんて真似が出来るのだろうか。

……待てよ？　天喰家に流れ着いた神というのは、ひょっとして今も……。

「お願いです、紀斗様！　どうかご当主様にお取り成しを…！　私はただ、お腹の子を産んであげたかった。…あの子を、幸せな家庭で育ててあげたかっただけなんです…！」

何かが閃《ひらめ》きそうになった時、真由が悲痛な声を上げた。結婚初夜、どうしても抱いてやれず、悲しげにうつむいていた姿が重なる。

「…僕の紀斗は、本当に優しすぎる」

はあ、と物憂げな息が項《うなじ》にかかり、背後から両目を覆われた。ぐるりと世界が回る。覚えのある感覚に、もがいてももう遅い。

「う……っ」

そっと掌《てのひら》が外されると、紀斗はさんざん榊と交わったあの和室に移動していた。ふらつく紀斗ごと、榊は塵《ちり》一つ落ちていない畳に腰を下ろす。開いた榊の脚の間にすっぽりと収まり、背中を預ける格好だ。

「何で…」

「…今、あの雌豚を哀れんだでしょう」

何で真由を置いて戻ったのかと尋ねる前に、榊は紀斗のおとがいを掬《すく》い上げた。無理やり合わされた眼差しは、珍しく怒りを滲《にじ》ませている。

「自分さえ抱いてやればあの雌豚は腹の子を堕ろさずに済み、幸せな家庭を築けていたかもしれないと……自分も悪かったのかもしれないと、そう思ったでしょう」

「…っ…、何故…」

「何故わかるのかって？　…当然でしょう。僕は貴方のもの。貴方の一部なのですから」

額を重ねられても、反感は湧かなかった。三年前にこの男の中に入り、今またこの男を自分の中に入れたことで、内も外も繋がった。自然とそう思えたから。

「いいですか、紀斗。何度でも言います。…貴方は悪くない。貴方は己の保身しか頭に無い女とその両親に騙され、傷付けられ続けた被害者です」

「…でも、腹の子に罪は無かった」

お腹の子を産みたかっただけだという言葉は、真由の偽らざる本音だろう。

この三年間、真由が遊びまわっていたのは、子どもを失った悲しみを紛らわせるためでもあったのかもしれない。紀斗にことさらきつく当たったのも、夫さえ自分を抱いていてくれれば母親になれたのにと苛立たずにはいられなかったからではないだろうか。

「罪が無いというのなら、貴方だってそうでしょう」

榊は形の良い眉を顰《しか》めた。

「あの女が本当に子を産みたかったのなら、全てをぶちまけて貴方に許しを乞えば良かったのです。貴方に許されなくても、両親は健在なのですから、離婚して一人で産み育てることだってじゅうぶん可能だった」

「さ、榊…」

「いくらでも手段はあったのに、結局堕胎を選んだのは……子どもよりも、自分が可愛かったからですよ。夫ではない男の子を孕《はら》んで離婚され、一人で子を産み育てる自分を、あの女は受け容れられなかった。腹の子は、あの女に殺されたのです」

いたわりに満ちた黒い瞳に吸い込まれそうになる。今まで、真由とのことは誰にも相談出来なかった。たとえ両親に打ち明けたとしても、早く治して子どもを作れと叱《しか》られるだけで、こんなふうに優しく慰めてくれることは無かっただろう。

「紀斗、……これを」

　ばさり、と何の前触れも無く差し出されたのは、真っ赤な薔薇《ばら》を何十本も使った花束だった。どこかから転移させたのだろう。露を含んだ薔薇は今摘んだばかりのように瑞々《みずみず》しく、美しいが…。

「……何で、薔薇？」

「え？　…だって、泣きそうな人を慰めるには、花束が効果的なのでしょう？」

　きょとんとする榊に、冗談の気配は無い。…本気で思っているのだ。泣きそうな人を慰めるのに、真っ赤な薔薇の花束が有効だと。夫婦仲が壊れる前は、紀斗も真由に花束を贈ったりしたことはあるけれど。

「…っお、…お前、本気で…」

　せり上がってきた衝動を堪え切れず、紀斗は口元を覆った。わけがわからずにいる榊の間抜けた顔がおかしくて、くっくっと腹を震わせる。

「何か、変でしたか？」

「変っていうより…、嵌《は》まりすぎてておかしいっていうか、ホストみたいっていうか……」

　それも、昼間遭遇してしまった真由の浮気相手とは格が違う。枕営業とは無縁の、微笑み一つで女の心を蕩かせ、全財産を貢がせる極上のホストだ。

　榊は真顔で頷《うなず》いた。

「それはそうでしょうね。新宿《しんじゅく》で最も売れたホストを取り込みましたから」

「取り込んだ……？」

「僕は三年前、貴方と再会するまで、貴方以外の人間とは口をきいたことすらありませんでしたから。当主として立つに当たり、様々な立場の人間を取り込む必要があったんです」

ゼロに等しい人生経験を補うため、あらゆる分野の第一人者の知識を吸収した、ということなのだろうか。

……そんなことが、出来るのか？

普通の人間なら絶対に不可能だが、月重をもしのぐ神の力の主であれば可能なのかもしれない。…それに、事実だとしたら腑《ふ》に落ちる。今までずっと纏《まと》わり付いていた違和感――何人もの榊が存在するようだと思っていたのは、正しかったのだ。榊の中には、何人分もの知識が蓄積されているのだから。

つまり、榊は超高性能な人工知能のようなものだ。高い処理能力を誇るが学習の時間も余裕も無かったため、代わりに他の人間の知識を取り込んだ。だが当の榊の人生経験が低すぎたせいでせっかくの性能を活かしきれず、不自然に見えてしまった――そういうことなのだろう。

それにしても。

「ホストの知識なんて、天喰家の当主には必要無かったんじゃないか…？」

「…だって、早く紀斗を口説きたかったから」

「はっ……？」

「仕方の無いこととはいえ、三年もの間、紀斗に会いに行けなかったんです。一日も早く口説き落として、僕のものになって欲しかったから……」

そんなことのためだけに、ホストの知識まで取り込んだというのか。しかもこれまでの経過を振り返るに、紀斗に関し、せっかく取り込んだ一流の知識はまるで活かされていない。三年前の恐怖は少しずつ薄れても、紀斗はこの男を受け容れられずにいる。

…その、はずなのに。

「紀斗。……貴方は悪くない」

「…う、…っ…」

「貴方は何も悪くない。悪くない、悪くない……」

薔薇のかぐわしい香りと、何度も紡がれる優しい囁きに凍り付いていた心が温められ、溶かされていく。…やっとわかった。さっき久しぶりに真由になじられた時、いつもより胸が痛かった理由が。

……こいつのせいだ。

榊があまりにも甘いから…紀斗だけには優しいから、真由の悪意に傷付けられてしまったのだ。紀斗の心に深い傷を残し、男としてのプライドをへし折った張本人なのに。

……でも、もう、こいつだけを責められない。

三年前に刻み込まれた悪夢の記憶は、簡単には癒えないだろう。だがもしも榊が現れず、真由と無事に初夜を迎えていたら、紀斗は今頃妻と義両親の裏切りも知らぬまま、血の繋がらない子どもを育てさせられていたのだ。ある意味、紀斗は榊に救われたとも言える。

「ねえ…、これでもうわかったでしょう?」

紀斗のまなじりに滲む涙を舐《な》め取る舌も、頬や項をたどっていく唇も、優しさといたわりに満ちている。いやらしさの欠片《かけら》も無い。

…でも、騙されてはいけない。

「あの雌豚は貴方にふさわしくありません。今すぐ別れて、僕だけのものになって下さい」

この男はだいぶ前から――ひょっとしたら三年前、紀斗と無理やり交わった直後から、紀斗の動向を監視させていたに違いないのだ。そうでもなければ、あんなにタイミング良く真由の不貞の証拠が出て来るはずがない。

だから、紀斗がいわれの無い罪で苦しんでいることも知っていた。にもかかわらず三年もの間放置したのは、それだけ天喰家の掌握に多忙を極めていたせいもあるだろうが…きっと、待っていたのだろう。紀斗の心が真由から完全に離れ、付け入る隙が生じる瞬間を。

そう、今みたいに。

「…嫌だ、と言ったらどうするんだ?」

「僕は気が長いですから、貴方がその気になって下さるまで待ち続けます。十年でも二十年でも…百年でも、二百年でも」

「百年って…」

紀斗はつい吹き出してしまった。十年二十年ならともかく、百年も経ったら、どんなに長生きしたとしても、紀斗も榊も墓の中だ。

「ああ、紀斗っ……」

歓喜に打ち震えた腕が、背中からきつく絡み付いてきた。さらりと流れた長い黒髪に視界をさえぎられてしまうと、まるで大蛇に丸呑みにされているような気分に陥る。こんなに美しい蛇は、どこを探したって見付からないだろうけれど。

「貴方が僕の腕の中でそんなふうに笑って下さるのなら、百年くらいあっという間です。…百年待てば、僕のものになると約束してくれますか？」

「は……？」

「約束してくれるのなら、僕の名において、邸内での行動の自由を保障します。それから今後は貴方が望まない限り、褥《しとね》に引き込まないと誓います」

再会した直後なら、そんな誓いなどとうてい信じられなかっただろう。あまりにも紀斗にとって都合が良すぎる。

だが紀斗はもうわかっていた。榊は真実を隠すことはあっても、嘘は決してつかないと。

「……いいよ、約束してやる」

「——…っ！　本当ですか？　本当に約束して下さるんですね？」

「本当に百年も待てたら、な」

「もちろん待てますとも。…ああ…、たったの百年待つだけで、紀斗が僕のものになってくれるなんて…っ…！」

百三十年近く生きられる人間など今のところ存在しないのだから、空手形も同然なのに、榊は恋する乙女のようにはしゃいでいる。

……あの子みたいだな。

心の中の一番大切なところに住まう少女がふっと思い浮かんだ。性別すら違うが、あの子も紀斗の話すことにいちいち驚き、大きな目を瞠《みは》ってはもっとたくさんお話ししてとねだったものだ。

罪人として土蔵に閉じ込められていた少女と、神の生贄《いけにえ》として幽閉されていた榊。何の関わりも無いのに不思議と重なるのは、よく似た境遇だからだろうか。

榊に聞けば、ひょっとしたらあの子がどうなったのかわかるかもしれない――つかの間浮かんだ期待を、紀斗はすぐに切り捨てた。罪人として処刑されました、などと言われたら、当分の間衝撃で立ち直れなくなりそうな気がする。

おかしな話だ。妻と義両親の長年にわたる裏切りが判明し、普通ならもっと怒ったり悲しんだりしてもいいはずなのに、とうの昔に会えなくなってしまった少女の消息の方が気がかりだなんて。

「紀斗…　僕の可愛い紀斗。忘れないで下さいね。百年経ったら、身も心も僕のものですよ…」

決して成就しない約束を嬉《うれ》しそうに口ずさみながら、榊は紀斗の頭に口付けの雨を降らせる。その唇にも抱き締める手にも嫌悪を感じられなくなっている自分に、紀斗は戸惑った。

その日から、紀斗は別邸に滞在することになった。榊が人をやって確かめさせたところによれば、自宅マンションに真由の姿は無かったそうだ。さすがの真由も居たたまれなくなり、実家に身を寄せたのだろう。

だが、真由が出て行ったからといって、浮気現場にもなったマンションで生活する気にはなれなかった。とりあえずは安いビジネスホテルに移ろうとした紀斗を、榊が泣きながら引き留めたのだ。

『行かないで、紀斗…僕のものになると約束して下さったじゃないですか…』

それは百年後の話だろうと、何度反論しても聞く耳を持ってくれなかった。

……どうして榊は、こんなにも俺に執着するんだろう。

考えれば考えるほどわからなかった。…だから、縋り付く手を振りほどけなかったのだ。このまま離れてしまったら、後悔することになりそうで。

絶対に襲わないならしばらくは居てもいい、と条件付きで承諾すると、榊は隣の部屋を紀斗にあてがった。最上階はフロア一帯が榊の専用だが、紀斗が連れ込まれた私室以外にもいくつか部屋があるらしい。どの部屋もエレベーターと同じく生体認証で制御されており、紀斗はどこでも出入り自由だそうだ。

どこであろうと瞬時に転移出来る榊には、最新の鍵も意味を成さない。滞在を決めた最初の夜は緊張でろくに眠れなかったものの、榊は朝まで訪れなかった。最上階からは出してもらえないが、欲しいものは何でも用意され、不自由は一切無い。

そんな日が一週間ほど続き、紀斗の緊張も解《ほぐ》れてきた今日、部屋を訪れた榊が思いがけないことを言い出した。

「従者を付けるって、……俺に？」

「正確には従者兼護衛ですね。本当は僕が常に傍に居たいのですが、そうすると貴方も今は気《き》塞《ふさ》ぎでしょうし…」

確かに榊がずっと傍に居たら不安でたまらないだろうし、そもそも天喰家の当主はそこまで暇ではないだろう。時折ニュースサイトをチェックしているが、妖鬼の出現はあの駅の一件以降、増え続ける一方だ。

天喰家以外の術者の一族も含め、戦える者たち総出で対応しても処理しきれなくなっているらしいが、問題はそこではない。

一従者も護衛も、俺には必要無いだろう。身の回りのことくらい出来るし、自分の身は自分で守れる」

「本当にそうですか？　…鳴海のこと、僕が知らないとでも？」

「うっ…」

軽く睨まれ、紀斗は言葉に詰まった。真由の裏切りが暴かれ、鳴海家が天喰の一族から除外されることが決まった翌日から、義両親がひっきりなしにメッセージを寄越しているのだ。

内容はどれも今までの裏切りを謝罪し、一族からの除外だけは許してもらえるよう榊に頼んで欲しい、というもの。紀斗の予想通り…いや、それ以上に天喰の分家ではなくなった影響は大きかったのだろう。さんざん踏みにじってきた紀斗に、なりふり構わず助けを求めずにはいられないほどに。

けじめとして会社を辞める旨を通告し、それ以降は無視しているが、未だにメッセージは止まらない。最近では自宅マンションにも何度も押しかけているらしく、だんだんストーカーめいてきてどうしようかと思っているところだった。榊には何も伝えなかったのに、筒抜けだったらしい。

「どうせまた、義両親の生活が立ち行かなくなったらあの雌豚が困るかもしれない、僕に言うだけ言ってみようか…なんて考えているのでしょう」

「……」

ずばりと言い当てられ、もはや目を逸《そ》らすしかない。頬のあたりに、咎めるような強い視線を感じる。

「貴方は何故、そこまであの雌豚に優しくしてやるのですか。貴方をさんざん虚仮《こけ》にし続けた女なのに」

「…あれでも、一度は妻と呼んだ女だから…」

「わかっていますとも。だから酷《ひど》い目に遭うところは見たくないとおっしゃるのでしょう?ああ…、もう…っ!」

わなわなと両手を震わせ、榊は頭をかきむしった。そんな仕草をしていると神々しい空気がわずかに剝《は》げ、二十歳の青年らしい幼さがちらりと覗《のぞ》く。今までの経緯が経緯だったので忘れそうになるが、榊は紀斗より六歳も年下——まだ学生生活を謳歌《おうか》していてもおかしくない年頃なのだ。

「貴方は、ひどい……!」

「はい……?」

何がどうしてそうなった。突然の糾弾にぱちぱちとしばたたいていると、榊は紀斗の手をぎゅっと握り締める。

「人間として生まれてきたこと自体が間違っていたとしか思えないあの雌豚に、ふさわしい報いを受けさせて欲しいと貴方が一言おっしゃって下されば、日替わりで地獄を見せてやれるのに……！」

「……いや、今でもじゅうぶん見てるんじゃないかな、地獄……」

あの義両親があそこまで取り乱すくらいだ。たったの一週間で、鳴海は相当追い詰められてしまったのだろう。実家に帰った真由も、身の置きどころが無いに違いない。

「優しい貴方がそうおっしゃるから、僕は我慢するしかないのです。…貴方に、嫌われたくないから」

「榊、それは…」

「僕がこんなにも我慢して、我慢して我慢しているのに、貴方はあの雌豚と別れても下さらない。ひどい…、ひどすぎます……」

さめざめと泣く姿に心が痛むのは、それだけこの男の存在を受け容れつつある証拠なのだろうか。

そう、さんざん榊に懇願されたにもかかわらず、紀斗はまだ離婚届を提出していないのだ。だからこそ義両親は一縷《いちる》の希望を見出し、紀斗を通して榊の怒りを解こうと奔走しているのだろう。

もちろん、真由との復縁なんて考えられない。法的な夫婦のままでいれば厄介ごとに巻き込まれかねないとわかっているのに、離婚に踏み切れないのは——榊のせいだ。

「…離婚しろと、命令すればいいだけじゃないのか？」

末端とはいえ、紀斗は天喰家の一族だ。紀斗ではなく八奈木家に当主として命令されれば、従わざるを得ない。何も知らない家族を、義両親のような目に遭わせたくないからだ。

少し意地悪な気持ちで問えば、榊は涙目で首を振る。

「それでは意味がありません。僕は、貴方に選ばれたいのですから」

「選ばれる…？」

「百年経ったら、僕のものになると約束して下さいました。…ですが僕は、貴方に愛されたい。貴方のその唇で、愛を誓って頂きたいのです」

つややかな黒髪を揺らし、榊は紀斗の指先にそっと口付ける。

潤んだ瞳に見上げられ、どきりと心臓が跳ねた。相変わらず漂う熟した甘い匂いにはさすがに慣れ、初日のように嗅《か》いだだけで醜態をさらすことはなくなったが、なまじ余裕が出来たせいで人間離れした美貌を目の当たりにしてしまうのは良かったのか悪かったのか。

「あ、…愛、…って…」

「初めてお逢いした時から僕は貴方の虜《とりこ》です。貴方が居たから、僕は僕になった。だから貴方の心も守りたい。もう二度と、傷付けられることの無いように」

やわらかな唇から覗いた舌が、紀斗の指先を甘くかすめる。

「…ぁっ…」

「たとえ貴方自身が許したとしても、僕は貴方を傷付けた者たちを許せない。…残念ながら、この別邸にも貴方に歯向かう愚か者が居るかもしれません。その者たちから貴方を守るために も、従者と護衛を付けておきたいのです。貴方は自分を傷付ける者には寛大なのに、自分の傷には無頓着だから…」

そうさせているのはお前だと言ったら、榊はどんな反応をするのだろう。紀斗だって普通の男だ。真由と義両親の仕打ちに怒りを覚えないわけがない。さんざん詰《なじ》られたのが濡れ衣だったと判明した時には、はらわたが煮えくり返りそうになった。

でも、当の紀斗よりも榊が怒り狂ってしまったから――紀斗をいたわり、何も悪くないと言ってくれたから、紀斗は冷静でいられたのだ。

「本人たちも、ぜひ貴方をお守りしたいと張り切っています。どうか、受け容れて頂けませんか？　気に入らないようでしたら、交代させますから」

「…本人、たち？」

紀斗は今までこの別邸に出入りしたことは無く、知り合いなんて居ないはずだ。首を傾《かし》げていると、榊はぱんぱんと手を打ち鳴らした。

ピッ、とロックの外れる音と共に、入り口の扉が開く。

「失礼します」

「あっ……！」

見事に声を重ねながら現れたのは、妖鬼を鮮やかに倒していた双子…朧《おぼろ》と虚《うつろ》だった。駅で会った時とは違うデザインの制服を纏い、神妙な表情で畳に膝をつく。

「朧と虚は天喰一族でも最年少ですが、ここ数年で目覚めた者たちの中では最も優秀な術者です。この二人が付いていれば、万が一にも危険は無いでしょう」

「よろしくお願いいたします、八奈木様」

「命に代えても、ご当主様の大切な御方をお守りします」

「ちょ、ちょっと待ってくれ！」

いつの間にか、従者兼護衛とやらを受け容れたことになっている。慌てて口を挟もうとしたら、双子の片割れが悲しげにまつげを震わせた。左目が隠れているから、虚の方か。

「…八奈木様…、僕たちのこと、要らないですか？」

「あ、いや、そういうわけでは…」

「じゃあ、お傍に置いて下さいますか…？」

朧と揃《そろ》って捨てられた子犬のようにじっと見上げられたら、要らないなんて言えるわけがない。

「……ああ。よろしく頼むよ」

「や、…」

「…やったあぁぁ！」

双子は同時に顔を輝かせ、ぱん、と互いの掌を打ち合った。十六、七歳くらいだと思ってい

たが、無邪気に喜ぶ姿はもう少し幼く見える。とすると着ている制服は高校ではなく、中学のものかもしれない。

中学生に守られ、世話されるなんて大人としても武道を学んだ者としても情けないが、こうなったら受け容れるしかないだろう。溜息《ためいき》をつく紀斗に、榊は非の打ちどころの無い美貌を寄せ、長い腕で抱き寄せる。

「ひとまずはこの二人に任せますが…どうか忘れないで下さい。本当は、僕が朝から晩まで一秒も離れずお世話して、お守りしたいと願っていることを。…この腕の中から、出したくないと思っていることを」

「…お、おい、榊…子どもの前で…」

「あぁ、恥じらう紀斗も可愛い…可愛くない瞬間が見付からない…。どうしよう、こんなに可愛い紀斗を外に出したら絶対にさらわれる…やはり百年なんて待たずに僕が…」

ぶつぶつと高速で紡がれる呟きが、だんだん物騒な響きを帯びていく。取り込んだ一流ホストの知識はどこへ行ってしまったのか。不安に陥った紀斗に助け船を出してくれたのは、右目を隠した片割れ——朧だった。

「ご当主様。お気持ちはお察ししますが、下で河手《かわで》様がお待ちです。志願者の選別も済んでおりますので、そろそろご当主様にお出まし頂かなくては」

「……首をはねておけ」

「榊……!?」

さらりと下された命令に紀斗は卒倒しそうになるが、双子は顔色一つ変えない。

「紀斗と共に過ごす時間を邪魔するなんて、万死に値する。首を落とすのは、己の罪をじゅうぶん思い知らせてからにしろ」

「かしこまりました」

「ちょ…、…ちょっと、待ってくれ！」

唱和してさっそく下がろうとする双子を、紀斗は大慌てで呼びとめた。双子は立ち止まってはくれたものの、困ったように紀斗と榊を見比べている。幼いその顔には、人殺しを命じられたことに対するためらいも嫌悪も滲んでいない。もう一度榊が命じれば、すぐに河手とやらの首をはねに行くだろう。…おそらくは、さんざん拷問《ごうもん》を加えた後で。

「この、……馬鹿榊っ！」

怒りのまま、紀斗は榊の頭を殴りつけた。

加減はしたが、じゅうぶん痛かったはずだ。双子が青ざめ、声にならない悲鳴を上げるのも構わず、もう一度拳《こぶし》をお見舞いする。

「ちょっと邪魔をされたくらいで首をはねろなんて、お前は何様のつもりなんだ。しかもこんな子どもに、人を殺させるなんて…！」

「の、紀斗、でも…」

「『でも』、何だよ。納得出来る理由があるなら言ってみろ」

正面から睨んでやれば、榊は何故か頬を染めながら左右の指をもじもじとつき合わせる。

「…でも、ミスをした部下には二度と同じ過ちを犯さないよう、厳しい罰を与えなければならないのでしょう？」

「……それは……」

どこの誰が言ったんだ、と問いただすまでもない。榊が取り込んだ無数の人々の知識。その中にあった知識の一つだ。どこのブラック企業かはわからないが、罰と言ってもまさか命であがなえと命じる上司なんて居ないだろうから、首をはねる云々《うんぬん》は榊自身の判断に違いない。

「……いいか、榊。どんなに致命的なミスを犯したとしても、部下を殺したら駄目だ。もちろん、拷問も。それは罰じゃない」

「えっ……、そうなのですか？」

榊は大きく目を瞠る。罰イコール殺害、という公式に疑問を覚えたことは一度も無いらしい。

……高性能なくせにポンコツすぎるだろ、この人工知能……。

入社したばかりの新卒だって、こんなに手はかからないだろう。めまいがしそうなのを堪え、紀斗は辛抱強く言い聞かせる。

「そうなんだ。たかがミスくらいで人の命を奪うのは絶対に許されない。命よりも大切なものなんて、無いんだからな」

「僕は、僕の命より紀斗の方が大切ですが」

「……っ、そういう特殊な例は置いておいて、お前はこの天喰家を率いるトップだろ。信賞必罰は確かに大切だけど、限度があるんだよ。だいたいその河手さん？　は、お前に命じられたことをしただけなんだろ？」

ちらと双子を見遣れば、無言で首肯された。つまり河手は咎められるようなミスは一切犯していないのだ。たまたま紀斗と一緒の時に呼ばれたから首をはねられた、なんて寝覚めが悪すぎる。

「だったら、悪いのはお前の方だ。さっさと行け。そして河手さんに謝れ。遅れてすみませんでした、ってな」

「う…、でも、紀斗……」

「わかったな？」

「……はい」

圧力に屈した榊がしおしおと頷いた瞬間、双子たちはそっくりな顔を驚愕《きょうがく》に染め上げたが、すぐさま榊のために扉を開けた。榊は名残惜しそうに身を離し、かしこまる双子に向き直る。尊大に見下ろす高貴で美しい顔は、とてもついさっきまで酷いポンコツぶりを発揮していた男とは思えない。

「必ず紀斗を守れ。害そうとする者どもからはもちろん、悪意からも」

「――承知いたしました」

額を畳に擦り付ける双子にはもう一瞥《いちべつ》もせず、榊は紀斗を抱き締めようとして、ぐっと拳を握り込む。

「紀斗。…約束、忘れないで下さいね。百年経ったら、貴方は僕のものですよ」

「…あ、ああ…」

紀斗は素直に頷いておく。叶《かな》いっこない約束を交わすだけで手を出されず、邸内での自由が保障されるのなら安いものだ。

「今の聞いた？　朧」

「うん、聞いたよ虚。やっぱり八奈木様は…」

何度も振り返りながら榊が去ったとたん、双子はひそひそと内緒話を始めた。本人たちは声をひそめているつもりなのだろうが、内容は筒抜けである。

「やっぱり俺は、何なんだ？」

「……っ！」

軽い気持ちで聞いたのに、双子は揃って青ざめた。硬直してしまった片割れを庇《かば》うように、朧が膝を進める。

「申し訳ありません、八奈木様。ご当主様じきじきのご命令を受けておきながら、無礼な真似《まね》を…」

「え？　いや、俺はそんな」

「お咎めは全て俺が受けますので、どうか虚だけはお許し下さい！」

がばっと土下座される理由がまるで思い付かない。おたおたする紀斗が怒っていると勘違いしたのか、庇われていた虚が意を決したように身を投げ出す。

「お、朧は悪くない…！　です！」

「やめろ虚、お前まで…」

「僕が話しかけたから、朧は返事をしてくれただけ…、なんです。だから、お咎めを受けなくちゃならないのは僕の方で…！」

俺が、いや僕が、と庇い合われると、何だか自分が子どもをいじめる人でなしになったようで居たたまれない。どうして口をきいたくらいで、こんなに怖れられなければならないのか。

……あのポンコツ男のせいだな。

悲しいくらいあっさりと、答えを思い付いてしまった。紀斗は頭痛を堪えてしゃがみ、双子と視線を合わせる。

「落ち着け、二人とも。俺は君たちを咎めるつもりなんて無いよ」

「え…？」

「何で？　どうして？」

「それは、むしろ俺の方が聞きたいよ。君たちは何も悪いことなんてしていないのに、どうして咎めなくちゃならないんだ？」

　双子はきょとんと顔を見合わせ、やがて朧の方が口を開く。

「ご当主様の大切なお方に、無礼な口をきいてしまいましたから…」

「無礼って、さっきのは別に俺に話しかけたわけじゃないだろう。本当に話しかける時だって、いつもと同じで構わないよ。駅で初めて会った口は、もっと砕けた話し方だったよな？」

「…それは…、ご当主様が命令を出される前だったので…」

「榊が何と言おうと、俺は君たちみたいな子にかしこまられるよりは、普段通りに接してもらった方がありがたいよ。あのポン…、榊には俺からも言っておくから……駄目かな？」

　双子はまた顔を見合わせ、何度か眼差しを交わすと、今度は虚がおずおずと答える。

「本当に…、お咎め、ありませんか？」

「ああ、もちろん」

「…じゃあ、そうする」

「虚っ…」

　うろたえる朧に、虚は穏やかに頷いてみせる。

「この人は大丈夫。信じていい、…と思う」

「……、…虚が、そう言うなら…」

　朧はぶるぶると頭を振り、大きく息を吐いた。紀斗ににかっと笑ってみせる顔は、駅で会った時と同じ年相応のそれだ。

「なら、八奈木様の言う通り、いつも通りにやらせてもらうぜ」

「ありがとう。…その八奈木様、っていうのも出来たらやめて欲しいんだけど」

「それは……無理。八奈木様は、ご当主様の大切な御方だから」

　虚が朧の背後で首を振る。榊が紀斗に執心しているのは確かだが、紀斗はまだ受け容れたわけではないのに。悶々《もんもん》とした気持ちが伝わったのか、虚は不思議そうに質問してくる。

「だって八奈木様は、百年経ったらご当主様のものになるんでしょう？」

「いや、それは…」

　叶うはずのない冗談だ、と訂正する前に、朧が虚の肩を摑《つか》んだ。無言で首を振り、紀斗にはまた笑顔を向ける。

「ごめん、八奈木様。虚はちょっとぼんやりしてるから、たまに変なこと言うんだ」

「あ、ああ…。気にしてないよ」

「まあ、八奈木様の気持ちがどうでも、俺たち天喰の一族も、力を与えられた新参者たちも、八奈木様はご当主様の大切な御方だと思ってるから。八奈木様も、そのつもりで行動しないと痛い目を見るかもよ」

「……力を与えられた、新参者？　どういう意味なんだ？」

　いぶかしむ紀斗に、朧はえっと目を瞠り、虚にちょいちょいとブレザーを引っ張られると納得したように頷いた。

「そう言えば、八奈木様はまだ知らないんだっけ。今の天喰家には俺たちや八奈木様みたいな天喰の分家出身の術者と、妖鬼を退治したいって志願者からご当主様に選ばれ、神の力を与えられた新参者と二種類の術者が居るんだ」

「神の力を、与えるだって……!?」

出来るわけがないと反論しかけ、紀斗は思い出した。紀斗を裏切った罰として、榊が真由や義両親…鳴海家の一族から神の力を奪ったことを。

神の力が女にしか受け継がれないという伝承が、女たちに都合良く作られた偽りだった一件といい、神の力にはまだまだ謎が多い。当主と次期当主候補だった月予と月重をあっさり追い出し、たった三年で新たな支配者となった榊だ。奪うことが出来るなら、与えることもまた可能なのかもしれない。

「ご当主様は俺と虚みたいに分家で箱詰めにされてた奴らを助けて、術者の修行を受けさせてくれたし、少しだけ残った巫女も居たけど、それだけじゃとても術者の数が足りなかった。だから天喰と繋がりのある官僚や政治家に呼びかけて、志願者を集めたんだ」

「志願者を？」

進んで妖鬼と戦いたい人間なんて居るのかと思ったが、警察や自衛隊からだと聞いて納得した。銃器を用いても妖鬼にまるで歯が立たず、役立たずと罵《ののし》られていた彼らだ。志願する者は多いだろうし、政府としても、妖鬼と戦える人員が増えるのはメリットである。

「使い物になるのは志願者の一割か二割、ってとこだけどね。神の力を持って生まれるのと、後天的に与えられるのとではやっぱり違うんじゃないかな。分家でも、ちゃんと修行を受けなきゃ神の力は使いこなせないし。な、虚」

「うん。八奈木様みたいなケースは珍しい…、と思う」

「……俺？　俺は君たちみたいに修行なんて受けてないけど」

「だから珍しいんだよ。初めて駅で会った時、俺たち、姿が見えなくなる結界を張ってたんだぜ。なのに八奈木様、平然と話しかけてきただろ」

あれはびっくりした、と感心されても困惑するばかりだ。紀斗の目にはちゃんと双子が映っていたし、結界の存在なんて感じなかった。

虚がおずおずと手を挙げる。

「たぶんだけど、八奈木様には結界のたぐいが通用しない…と思う。きっと持って生まれた、神の力」

「神の力を持つ者なら、結界は通用しないということか？」

「そうじゃ、ない。神の力も、人によって違う。同じなのは、神の力を持っていれば妖鬼にダメージを与えられるってことだけ。他は人それぞれ」

いまいち理解出来ずにいると、朧が顎《あご》を指先で擦りながら説明してくれる。

「ゲームみたいなもんだよ。世界に妖鬼って魔物がはびこってるけど、奴らと戦う戦士になれるのは神の力を受け継いだ人間だけ。つまり、神の力は戦士になるための資格みたいなものだけど、特殊能力も与えてくれる。受け継いだのが僧侶《そうりょ》なら回復魔法、魔法使いなら攻撃魔法って感じで」

「なるほど…。榊の転移も、その一つということか」

「そうそう。ま、俺たちの特殊能力は、もともとの身体能力を爆上げするって地味ーな力だからさ。ゲームなら格闘家ってとこかな。…八奈木様が羨《うらや》ましいよ。どんな強力な結界でもスルー出来るってことだろ？　俺たちにもそういう力があれば、箱詰めされなくて済んだのに」

思い返せば双子が現れる寸前、分厚い膜を破るような感覚があった。ひょっとしたらあの時、紀斗は自覚の無いまま特殊能力を発揮し、双子の結界を破っていたということなのか。

一族と名乗るのもおこがましい末端の分家だと思っていたのに、まさか自分にも神の力があったなんて。いや、それよりも…。

「さっきから気になってたんだが、…箱詰めっていうのは？」

嫌な空気をひしひしと感じつつも問えば、朧はあっけらかんと教えてくれる。

「そのまんまだよ。うちはかなり血の濃い分家だったから、もっと巫女を増やそうって、母親は張り切ってばんばん子どもを産んだわけ。母親を見習った娘たちもね。その結果、女はたくさん生まれたけど、男も生まれた。巫女にはなれないのに殺されなかったのは、育てば種馬に出来ると思ったからじゃないかな」

だが、きちんと育てられたわけではない。朧や虚のような男の子たちはまともに動くことも出来ない狭い部屋にぎゅうぎゅうに押し込められ、学校へも通わせてもらえず、時折投げ与えられるわずかな食べ物を奪い合って生きてきたのだ。幽閉と呼ぶのもおこがましい、まさに箱詰めである。

「…もしも三年前、ご当主様が助けてくれなかったら、僕も朧も死んでた…と思う」

「は、母親は…」

「助けてくれるわけないじゃん。これ、あの女がやったんだぜ？」

鼻先で笑い、朧は右目を隠す前髪をかき上げた。紀斗はひくりと喉を鳴らす。露わになった右目には斜めに大きな傷が走り、あるべき膨らみが無かったのだ。なまじ顔立ちが整っているだけに痛々しい。

「双子じゃ区別がつきにくいから目印に、って目玉を抉《えぐ》り出すような女だし。ご当主様がめちゃくちゃにしてくれた時には、もう本当、一生このお方に付いて行こうって思ったよ」

うんうん、と頷く虚の左目も、同じ傷が刻まれているのだろう。箱詰めにされた子どもたちに、目印のために我が子の目玉を抉る母親。想像するだけで吐き気がこみ上げる。

……だから、二人とも制服を着ているのか。

学校に行かなかった――行かせてもらえなかった双子にとって、制服は憧れの象徴のようなものなのかもしれない。今さらながら、自分がいかに幸運だったか痛感する。八奈木家は末端の末端だから男の紀斗もさほど差別されなかったが、双子と同じ家に生まれたら、紀斗も同じ目に遭ったかもしれないのだ。

「だからさ、ご当主様の大切な八奈木様は、俺らにとっても大切。絶対に守ろうって、従者兼護衛に立候補したわけ」

壮絶な過去をものともしない笑顔で、朧は拳を握り締める。

「どんな人でも守るつもりだったけど、まさかあのご当主様をぶん殴って躾《しつ》けられるなんてな！　あの時、俺、この人に一生付いていこうって思ったよ。な、虚？」

「うん。…でも、新参者たちには気を付けて」

虚が言うには、術者となったばかりの新参者たちは、神の力を与えてくれた榊に寵愛される紀斗に嫉妬し、何らかの嫌がらせに出る可能性があるのだそうだ。

「嫉妬？　嫌がらせって…どういうことだ？」

神の力を与えられたのは、警察と自衛隊から選ばれた者たちだという。妖鬼を倒す力が欲しい一心で志願した彼らが、どうして紀斗に嫉妬するのだろう。戦えないくせに当主に寵愛されるのが気に入らない、という意味だろうか。

「それは…」

「ちょうどいい。今、新しい志願者たちが神の力を授かってるから、見ればすぐにわかる…と思う」

「おい、虚…」

何故か乗り気ではなさそうな朧に、虚が珍しく強気で主張する。

「いつかは、わかること。だったら、なるべく早い方がいい。きっとご当主様も、見られたって全然気にしない」

「それは、そうかもしれないけどよお…お前、あいつらが気に入らないからこんなことするんじゃないだろうな？」

「…それも、ある。でも一番は、ご当主様のため」

「うう……」

朧はしばらく唇をへの字にして唸《うな》っていたが、やがてばりばりと髪を掻《か》きながら立ち上がった。

「仕方ねえ…行こう、八奈木様」

「え？　どこへ？」

「ご当主様のところだよ。ついでに邸内の案内もするから」

早く早くと両側から急《せ》かされ、わけがわからないまま部屋の外に出る。

まずはエレベーターで一階に降りる間、各階について簡単な説明を受けた。一階は紀斗が最初に連れて来られたあのロビーの他にラウンジやレセプションルームが揃い、外部の人間との折衝は基本的に一階で行われるという。

二階から上は一族の者か、新たに神の力を授かった術者の居住フロアだ。大部屋と個室があり、妖鬼退治の実績が低い者はまとめて大部屋に叩き込まれ、優秀な者には個室が与えられる。朧と虚はもちろん個室だ。最上階は言わずと知れた榊の専用フロアで、術者たちからはシークレットフロアと呼ばれている。

家中における階級は完全なる実力主義で、年齢や血筋、家柄などは一切考慮されず、妖鬼退治の実績のみで決まる。当然、最高位に君臨するのは榊だ。下の階級の者が上の階級の者に逆らうことは絶対に許されない。決まりを破れば、待っているのは容赦の無い制裁だ。

「…まるで、軍隊だな」

「前の当主の頃には、当主に気に入られてるかどうか、本家に近い血筋かどうかで扱いに雲泥の差があったみたいだから、公平っちゃ公平じゃない？」

「妖鬼を倒せば、ちゃんと評価してもらえる。ありがたい…と思う」

引いてしまう紀斗に対し、双子はさばさばしている。生まれてからずっと閉じ込められていたにもかかわらずこの落ち着きは、妖鬼との実戦でつちかわれたものだろうか。

「このままここに居たら、俺もいつか修行を受けて、妖鬼退治をすることになるのかな…」

この別邸に住めるのは戦える術者だけだそうだ。駅を襲った妖鬼の群れを思い出し、ぞっとしていると、朧がひらひらと手を振る。

「ないない。八奈木様を妖鬼と戦わせるなんて、ご当主様が許すわけがないって」

「八奈木様はただ、ご当主様の傍に居ればいい…と思う」

「でも、それじゃあ…」

ただの穀潰《ごくつぶ》しじゃないかと言いかけたところで、エレベーターは一階に着いた。双子と共に降りたとたん、四方八方から視線が突き刺さってくる。

「…覚えておいて、八奈木様」

牽制《けんせい》する朧の陰で、虚がこっそりと耳打ちをする。

「白い袴《はかま》姿のやつらが、新参者。ご当主様のご命令があっても、何をするかわからないから…」

言われてみれば、刺々しい視線の主はみな小袖に白い袴を穿《は》いている。他は好奇であったり感動であったりと様々だが、負の感情を露わにする者は居ないようだ。

虚によれば、双子のようにずば抜けた実力の主以外は袴姿を義務づけられており、新参者はもれなく白の袴を穿くことになっているそうだ。一族の者たちと区別をつけやすくするためだろう。一族の者は実力によって浅葱、紫と変わっていくらしい。

「妖鬼の群れがまた出現すれば、俺たちも駆り出されることになる。そういう時は、シークレットフロアから出ないでくれ」

「……わかった」

一回り近く年下の少年たちに守られなければ出歩けないなんて情けないが、紀斗は素直に頷いた。それだけ、新参者たちの視線は殺気立っていたのだ。元警察官や自衛隊員に囲まれたら、武道をたしなんでいてもひとたまりもない。

……でも、どうしてそこまで恨まれなきゃならないんだ？

双子に付いて邸内を回りながら考えるが、全く思い付かないうちに再びエレベーターに乗り込まされた。降りたのは四階だ。複雑に入り組んだ廊下を進んだ奥には朱塗《ぬ》りの大きな両開きの扉があり、真新しい注連縄《しめなわ》が張られ、紙四手《かみしで》が幾筋も足らされている。まるで、異界への入り口だ。

「う……」

かたく閉ざされた扉の向こうから、得体の知れない空気が流れ込んでくる。

だが混沌《こんとん》としたそれには、熟れた甘い匂いがかすかに混じっていた。あの奥には、確かに榊が居るのだ。

「朧に、虚？　どうしたのだ、こんなところに…って、八奈木様⁉」

扉の前に立っていた紫の袴姿の老人が、驚愕に目を見開いた。確か、駅から転移してきた榊と紀斗を出迎えてくれたあの老人だ。

「八奈木様。これ、河手さん。事務方の纏《まと》め役とか色々やってて…まあ、ご当主様の秘書みたいな人」

「河手と申します。八奈木様には、ご機嫌麗しく…」

朧の紹介を受け、河手は慌てて腰を折った。だが双子に向き直るや、白い眉をきっと吊り上げる。

「どうして八奈木様をこんなところにお連れしたのだ！　ご当主様は、今…」

「新参者たちの相手をなさってるんだろ？　だから連れて来たんだよ」

「何だって……？」

困惑する河手を押しのけ、朧は朱塗りの扉に手を伸ばした。だがその指先が触れた瞬間、バチィッと白い火花が飛ぶ。

「…だ、大丈夫か!?」

「あー、平気平気。ちょっと痛かったけど」

朧は何でもないふうに手を振るが、火傷《やけど》を負った指先からは肉の焦げる嫌な臭いがかすかに漂ってくる。青くなった虚がハンカチを巻く横で、河手は苦々しげに息を吐いた。

「ご当主様が張られた結界なのだぞ。その程度で済めば僥倖《ぎょうこう》というものだ」

「ねえ、八奈木様。この扉、開けてみてよ」

ぎょっとする河手には構わず、朧は扉をしゃくってみせた。ついさっき自分が痛い目に遭ったばかりなのを、もう忘れてしまったのだろうか。

「言っただろ？　八奈木様には結界のたぐいが通用しないって。だったらこの扉も開けられるはずだよ」

「僕もそう、…と思う」

「と、とんでもない！　八奈木様の御身に何かあれば、私たちは破滅だぞ！」

双子は自信ありげに請け合い、河手は卒倒せんばかりに青ざめる。うるさそうに耳を両手でふさぎながら、虚は紀斗の耳元で囁いた。

「…知りたくない？　ご当主様が新参者たちと、何をしているのか。どうして新参者たちに、恨まれるのか」

「……」

知りたくないわけがない。…いや、知りたい。朧さえ触れられない強力な結界の奥で、榊が何をしているのか。

「だったら、自分の目で確かめればいい。答えは、すぐそこにあるんだから」

——のりと……。

扉の向こうから、榊の声が聞こえた気がした。少したどたどしく、あどけなさの混じったそれは三年前を彷彿《ほうふつ》とさせる。縛り付けられ、花婿衣装を乱され、精を搾《しぼ》り取られた…。

ぞくり、と背筋が震えた。けれど全身を駆け巡るのは恐怖と嫌悪だけじゃない。紛れもない熱に、肌が染められていく。

「八奈木様…っ！」

気付けば紀斗は扉の前に進んでいた。朧に羽交い締めにされた河手が悲痛な悲鳴を上げるのも構わず、両手で扉に触れる。

――覚悟していた痛みも、違和感すら無かった。少し力を入れて押しただけで、重厚な朱塗りの扉は軋《きし》み一つ無く開いていく。

……本当に、俺にもあったのか。神の力が……。

天喰の血を引いていれば、男でも神の力を受け継ぐ。榊に告げられた真実が、実感となってもたらされる。

「…そんな…、ご当主様の結界が…!?」

驚愕する河手を解放し、朧は虚と共に紀斗の左右に立った。もう促されるまでもない。さっきまでとは比べ物にならないほど濃厚になった甘い匂いの立ち込める奥へ、紀斗はゆっくりと足を踏み入れる。

真新しい畳が敷き詰められた座敷の中央に、神社の神座《しんざ》を連想させる大きな浜床《はまゆか》がしつらえられていた。四方に立てられた柱から垂らされた白絹の帳《とばり》は正面だけが巻き上げられ、中の淫《いん》靡《び》な光景をさらしている。

「あ……あ、……ご当主様……」

白く長い脚に恍惚《こうこつ》と頬を擦り寄せるのは、よく日焼けした角刈りの男だった。着崩れた着物や白い袴から覗く大柄な身体は逞《たくま》しく、相当鍛えられているが、だらしなく開いた口からよだれを垂らす姿は理性の欠片も感じさせない。

だが、男の醜態をさげすむ者など皆無だろう。

「はぁ…、はあ、ご…と、うしゅ、さま…」

「お慈悲を。…お情けを…」

同じ着物に白い袴を乱れさせ、帳の中でうごめく何人もの男たちに、理性を保てている者は一人も居ないのだから。誰もが強い酒にでも酔ったように顔を蕩かせ、薄闇の中でも輝くばかりに白く神々しい肌に群がっている。

そして浜床の中央で、男たちに惜し気も無く裸身を貪《むさぼ》らせているのは……。

「……さか、き……」

両手をだらりと垂らし、立ち尽くす紀斗の耳元で、双子が交互に囁く。

「ああやって、神の力を与えてるんだよ」

「神の力は、血によって受け継がれる。でもご当主様は神子だから、ご当主様の体液を与えられれば、そいつも神の力を得られるんだ」

「新参者たちはご当主様に惚《ほ》れ込み、少しでも振り向いて欲しくて妖鬼どもと戦う」

「だから八奈木様はあいつらに恨まれる。誰のものにもならないご当主様を、自分のものにしてしまったから」

吹き込まれる声はそっくりで、区別がつかなかった。前を向いたまま、紀斗は強張《こわば》った口を

開く。

「…俺のものだと、言ったくせに…」

熱い息と共に吐き出した瞬間、襲ってきたのは猛烈な怒りだった。…そうだ、榊は言ったはずだ。自分は紀斗のものだと。今も――三年前も。

なのに、どうして紀斗以外の男たちに身体を差し出したりする？　榊も、真由のように紀斗を裏切ったのか？

「そんなに悔しいのなら、八奈木様もご当主様を抱けばいい」

ねっとりとそそのかしたのは、朧だったのだろうか。少し暗い感じがしたから、虚だったかもしれない。

「…ご当主様は八奈木様に愛されたがってる。八奈木様なら、きっと奥の奥まで迎え入れてくれる」

「あ、…あ…」

「さあ……、早く」

朧とも虚ともつかぬ手が、とん、と背中を押した。ふらふらと押し出され、浜床に手をつくと、榊が伏せていた顔を上げる。

「紀斗……っ！」

花がほころぶような笑みが、くすぶる怒りを一気に燃え立たせた。

……笑う、くせに。

紀斗を見て、嬉しそうに笑うくせに。波打つ黒髪も白い身体も、いつにも増して艶《つや》めいているくせに。

「何で、俺以外の男に触らせるんだ…」

「…あぁ？　何だ、お前…」

榊の足に頬擦りをしていた男が、剣呑《けんのん》な顔付きで身を起こす。

「新入りなら順番を守れ。俺たちだって何か月待たされたと、……っ！」

突き飛ばそうと伸びてきた手を逆にひねり上げ、投げ飛ばす。背中から畳に落ちた音にも気付かず榊を貪り続ける男たちに、紀斗は手当たり次第に襲いかかった。

武道を修める者は決して他人に拳を向けないよう教え込まれるが、理性などこの部屋に入った時点で消え失せてしまった。残ったのは、自分のものに手を出そうとする薄汚い泥棒をぶちのめし、身の程をわきまえさせてやりたいという欲求だけ。

「ぐぁっ」

「う、ふぐぅっ⁉」

さすがに色めき立った男たちが応戦しようとするが、みな紀斗の拳や投げ技にあっさりと屈し、畳に沈んでいく。

……おかしい。

人並み以上に強い自信はある。だが、この男たちは警察や自衛隊から志願して天喰家に移った、いわば戦闘のプロフェッショナルだ。サラリーマンだった紀斗より、対人戦闘の経験も豊富なはず。榊に酔っているからといって、こんなに簡単に倒せるわけが――。

「あ……あ、僕の紀斗……」

かすかな違和感は、感涙の滲む声にかき消された。たった一人浜床に残った榊が、男たちに刻まれたのだろう紅い痕《あと》を隠そうともせずに腕を伸ばす。

「来て…、下さったのですね。僕のために…」

「……、お前は……」

「…紀斗?」

紀斗を愛していると、紀斗のものだと言ったくせに、紀斗以外の男たちを群がらせておいて何の言い訳もしないのか。紀斗が怒っているとは思わないのか。

ぐちゃぐちゃの感情を吐露する代わりに無言で榊に覆いかぶさり、鎖骨のあたりにつけられた痕に荒々しく噛み付いた。そうでもしなければ、行き場の無い怒りの炎で紀斗自身が焼き尽くされてしまいそうだったから。

「あぁ…ん…っ!」

……嬉しそうな声、出しやがって！

甘い嬌声も、鼻腔をいっぱいに満たす濃厚な熟れた香りも、紀斗の苛立ちを煽《あお》るだけだった。

どうせこの男たちにも聞かせてやったんだろう。媚態を見せてやったんだろう。…だったら、全部塗り替えてやらなければ。

　狂暴な欲望に突き動かされるがまま、紀斗は他の男の痕跡を己の噛み痕で消していく。力加減など出来るわけもない。

「…あ、…ああ、紀斗、…紀斗っ…」

　かなりの痛みだろうに、榊は歓喜の悲鳴をさえずり続ける。容赦無く食い破られた肌に血を滲ませて。

「うれ、…しい…」

　そんなに嬉しいのかと詰ってやる前に、榊は自ら脚を開き、剝《む》き出しの股間を押し付けてきた。布越しにも熱く硬い感触は、この美しい男が痛みに酔いしれている証《あかし》だ。

「紀斗が…、僕を…」

「…っ、は、…ぁ…」

「僕を、……求めて、くれるなんて……」

「——っ！」

　ぞぞぞぞ、と背筋を這い上がった何かが脳天を貫いた。

　嫌悪？　違う。怒り？　それも違う。

　ならばいったい、何だというのか。三年前に男のプライドをへし折り、今度は尻を犯した男をめちゃくちゃにしてやりたい。神の力を求めて群がっていた男たちよりも感じさせて、善がり狂わせてやりたいという、この欲望は。……衝動は。

「あ、あ、ああ、あ」

——罰してやる。思い知らせてやる。

「…は、…あっ、あっ、……あぁ！」

——俺のものだと言ったくせに、他の男に肌を許した罪を。どれだけ、はらわたが煮えくり返っているかを。

「…いい、ですよ…」

まともな言葉にすらならない獣めいた咆哮《ほうこう》を、榊はちゃんと理解したようだ。うっとりと微笑み、白い裸身に絡み付いていた髪を払う。まだ他の男の痕を消しきれていない肌を、見せ付けるように。

「紀斗になら、何をされてもいい」

「はぁ、…は、あっ…」

「僕は、貴方のものだから。…貴方が僕を見付けてくれた、あの日から…」

伸ばされた手は、きっと何でも受け取るのだろう。紀斗が与えるものなら快楽でも苦痛でも、…不出来な押し花でも。

……っ、何を……。

もはや紀斗しか知る者が居ないかもしれない面影を、荒い息と共に吐き捨てた。榊と重ねるなんて、ひたすら無垢《むく》で可愛かったあの子に対する冒瀆《ぼうとく》だ。

紀斗はぶるりと首を振り、ベルトを抜いた。ズボンの前をくつろげた瞬間、冷や水を浴びせられる。燃え盛る欲望の炎とは裏腹に、萎《しお》れたままの肉茎によって。

「……大丈夫。僕に任せて下さい」

耳元で蜜《みつ》よりも甘い囁きが蕩けた。はっとしばたたく紀斗に、いつの間にか起き上がっていた榊は艶然《えんぜん》と笑いかける。

「可愛い紀斗……」

背後に回された手が腰から尻を撫《な》で下ろすと同時に、下着ごとズボンが消えた。下肢に残されたのは、黒の靴下だけだ。

はっとして周囲を見回せば、男たちのみならず双子も居なくなっていた。いつの間に、と驚く紀斗の尻たぶに、榊はやわやわと指を沈める。片手で器用にはだけさせたシャツの胸元に顔を埋めながら。

「僕が、貴方の愛らしい姿を他の男に見せるわけがないでしょう?」

「…っ、でも、…お前は…っ」

見せたじゃないか。…他の男に、この熟れた身体を好きなだけ触らせてやったじゃないか。

言葉にならない非難を敏感に察し、榊は紀斗の乳首を甘く噛み潰す。

「あれは、ただ力をくれてやっていただけ。交わっていたわけではありません」

肌をさらして、好きなように触れさせて。交わるのとどこが違うのか。紀斗の中で煮えたぎる怒りを極上の笑みで飲み干し、榊はここ三年熱が通わないままの肉茎に充溢《じゅういつ》した肉刀を擦り付ける。

「…何故、貴方がそれを気になさるのです?」

「え、……っ」

「僕は貴方のものですが、貴方が僕のものになって下さるまであと百年あるのに…どうして、僕と他の男の関係を気に病まれるのですか?」

かすかな揶揄《やゆ》の混じった囁きは、がん、と横っ面を殴られたような衝撃をもたらした。…榊の言う通りだ。紀斗は榊と無理やり肉体の関係を結ばされはしたが、ただそれだけ。執着を隠そうともしない榊に対し、何も返していない。

榊が誰と何をしようと、文句をつける権利など、今の紀斗には存在しないのに。

「百年待たなくても、僕のものになって下さるのですか?」

「…ち…がっ、違う、そんな…っ」

「では、何故?」

ずにゅ、と押し付けられる肉刀の圧倒的な質量に、萎《な》えた紀斗のそれはなすすべも無く潰されてしまう。…心と同じように。

「何故、結界を突破してまでここに来て下さったのですか？」

「あっ…ぁ、…っ」

「何故、あの男たちを僕から引き剝がしたのですか？」

「…ひぃっ…ん、や、あ…」

「何故、僕をめちゃくちゃにしてやろうと思ったのですか？」

何故、何故と連発される問いは、火照《ほて》る身体を内側から侵す蠱惑《こわく》の毒だった。胸元で唇がうごめくのに合わせ、さらさらと揺れては肌をかすめる黒髪の感触さえ、のたうち回りたくなるほどの快感を引きずり出す。身の内に渦巻く感情とぐちゃぐちゃに混じり合い、何がしたかったのかすらわからなくなっていく。

「…俺は、……俺は、っ……」

「あぁ…、泣かないで、紀斗」

顔を上げた榊が、熱い舌を紀斗の頰に這わせる。ぴちゃ、と涙を拭《ぬぐ》われて初めて、紀斗は自分が泣いていることに気付いた。

……何をやってるんだ、俺は……。

勝手に怒って、勝手に襲いかかって、勝手に傷付いて——あろうことか、めちゃくちゃにしてやろうとした相手に慰められるなんて。消え入りたくなる紀斗の尻のあわいに、榊は長い指を沈み込ませる。

「ひ、あ……っ！」

「貴方をいじめたいわけではないのです。ただ、嬉しくて……貴方があの男たちに、嫉妬して下さったことが……」

指先でなぞられただけで、閉ざされていた蕾《つぼみ》はやわらかくほころんだ。入り込んでくる二本の指に、媚肉は歓喜にざわめきながら喰らい付く。

「…あ…ぁ、…だ、めだ、…そこは…っ」

そこを犯されたいわけじゃない。激しく振る頭の奥で、真由が冷たく紀斗を見下ろす。

『——役立たず』

『貴方さえ私を抱けていれば、お腹の子を殺さなくて済んだのに』

媚肉は喜んで榊の指を貪っているのに、ぴくりとも反応しないままの股間が情けなく、悔しかった。男としての機能を失い、榊を罰してやることも出来ない。これでは本当に役立たずではないか。

「…僕を、犯して下さい」

「な、……に？」

「ここに僕を銜え込んで、溶け合って……貴方で、僕という存在を犯して下さい」

……こいつは、本当に人間なんだろうか。

絡み付く腕の中で、紀斗は今さらながらの疑問に囚われる。

さっきの男たちが、最初から榊の色香に惑わされていたとは思えない。外からは実態の窺《うかが》えない術者の一族に加わることを、自ら志願したくらいだ。ほとんどは、妖鬼から家族や市民を守りたいという強い正義感の主だっただろう。

なのに誑《たら》し込まれた。理性を奪い尽くされ、骨抜きにされた。…それを、情けないと嘲笑《あざわら》うことなど出来ない。熟した花の匂いに酔わされ、甘く誘惑されれば、どんなに強固な意志もたやすく溶かされてしまう。

……息をするように人を堕とす。そんなことが、人間に可能なのか？

項のあたりがひやりとした。ここに連れて来られた日、榊から聞かされた話を唐突に思い出したのだ。

天喰家の治める村に流れ着いた神は元の世界に還ったのではなく、かつての村長の娘と無理やり契らされ、社に封印されたのだという。つまり神は男の身体を持ち——まだ、社の中で生きているのだ。そして榊は、この世に留められた神の血を誰よりも濃く引いている。

生きた神は、榊にそっくりな姿をしていたのかもしれない。

「お願い、紀斗。…僕を貴方だけのものにして。あの男たちの感触を、忘れさせて下さい…」

そして、こんなふうに村長の娘の耳元でさえずったのかもしれない。神ですら動けなくなるほどの傷を、癒させるために。榊から真実を聞かされた時には月重とよく似た、計算高く傲慢《ごうまん》な女としか思えなかったが、娘もまた神の美貌に踊らされていただけだったのかも…。

「……いいでしょう……?」

おねだりは不可視の手となって、紀斗を浜床に敷かれた畳に押し倒した。あお向けに横たわった紀斗の脚を開き、榊が身体を割り込ませる。

さっきとは正反対の体勢だが、逆転されたとは思わなかった。追い詰められているのはむしろ榊の方だと、薄闇に光り輝く美貌とは不釣り合いなくらい雄々しく反り返った股間の肉刀が教えてくれるから。

萎えたままの肉茎を、その奥でほころぶ蕾を、飢えた視線がねばねばと舐《な》め回す。

…あの男たちと紀斗は違う、と榊が言った意味がわかった気がした。今の榊は榊自身なのか、それとも取り込んだ無数の知識を活用しているだけなのか。淫《みだ》らで美しい顔からは判断がつかないが、こんなふうに欲望の的にされるのは、きっと紀斗だけだ。他の誰も、榊は欲しがらない。

ひたひたと、愉悦の笑いが全身に染み渡っていく。

「……来い、よ」

「の、…紀斗、……紀斗ぉぉぉっ!」

広げた腕の中に、獣と化した神が飛び込んできた。

『……S区の各地で発生した妖群は、死者・行方不明者合わせて六名を出しながらも鎮圧されました。被害者団体や市民グループからは政府を通じ、天喰《あまじき》家や鎖藤《さとう》家をはじめとした各術者一族に対し、さらなる戦力の増強が要請され……』

大型の液晶テレビの中で、アナウンサーが悲惨な事件を淡々と読み上げる。欲しいものは何でも与えると榊《さかき》に言われ、真っ先に買わせたものだ。他にもノートパソコンやタブレット、ソファセットにベッドなど、紀斗《のりと》にあてがわれた部屋は今や榊からの貢ぎ物が溢《あふ》れている。

「三日前はこっちで、昨日はS区か…」

ますます増えたな、と嘆息しながらタップするのは、妖鬼の発生状況をリアルタイムでチェック出来るスマートフォン向けのアプリだ。

あとを絶たない妖鬼の発生と襲撃に対抗するため、政府が重い腰を上げて開発させ、提供を始めたばかりである。情報は各自治体や警察などに加え、妖鬼と遭遇したユーザーも入力し、ネットワーク全体で共有出来るシステムだ。

不具合やトラブルも多く、国民からの評判は今一つだが、妖鬼の出現状況を整理するのには役に立つ。さっき読み上げられたばかりの事件もすでに入力されており、アプリ提供からの死者は百人を越えた。負傷者と行方不明者は千人以上。この場合の『行方不明』は身体のほとんどを妖鬼に喰われ、個人の識別が出来なくなった者という意味だから、実質的には死者にカウントされるだろう。

紀斗が駅で妖鬼の群れに襲われ、この別邸に連れ込まれてから半月。…たったの半月で、交通事故と同じくらいだと言われていた妖鬼との遭遇率ははね上がり、いつ誰が命の危険にさらされてもおかしくない状況に陥ってしまった。

人々はなるべく往来を避け、家に閉じこもったが、それが可能な職種ばかりではない。しかも妖鬼は室内であろうとお構い無しに湧いて出るため、移動の自粛はほとんど意味を成さなかった。

根本的な解決のためには妖鬼の出現率急上昇の原因を突き止めなければならないが、奴らがどんな法則に従って現れ、行動しているのかさえ計りかねているのが現状だった。警察も自衛隊も、足止めにしかならない。妖鬼が現れたら術者を急行させ、倒させるしかないのだ。

だがそんな対症療法さえ、術者の一族の存在無くしては成り立たない。各一族は政府の要請のもとに術者を派遣し、都内の各地を常に巡回させている。

むろん天喰家も例外ではない。随一の術者数を誇る天喰家は中心的存在…各一族を主導する立場になりつつある。天喰家と同格とみなされていた名門、鎖藤家は必死に対抗しようとしているが、当主が自在に術者を増やせる天喰家に張り合うなんて無理な話だと紀斗ですら想像出来る。実祭、水をあけられる一方らしい。

……というのは全て朧と虚の双子から教わった話。紀斗は双子を従者兼護衛に付けられたあの日以降、別邸から一歩も出ていない——出られないからである。

妖群、と呼ばれるようになった妖鬼の群れは、たちの悪いことに人間の戦い方や習性を学習し、手強《てごわ》くなっているという。術者でも経験の浅い者の手には負えないことも多く、朧と虚は毎日のように駆り出されていた。そのせいで、紀斗は邸内に留まらざるを得ないのだ。

「…俺も、戦えればいいのに…」

紀斗にも神の力があることは、すでにわかっている。いかなる結界をもくぐり抜けるという地味な、いまいち実感の湧かない力だが、神の力に違いは無い。一般人よりは格闘技で鍛えている。ならば修行を積めば紀斗とて術者として戦えるはずなのに、どんなに熱心に志願しても、紀斗が修行を受けられる日はきっと来ない。

『僕の紀斗が戦う？　術者として？　……ありえませんね』

当主の榊が、断固拒否しているからだ。

『紀斗は近い未来、僕のものになって下さる大切な身なのですよ。ずっと僕の傍にいらっしゃるのならまだしも、他の人間の目にさらされながら戦うなんて…紀斗が穢《けが》れてしまうではありませんか』

神の力を求めて群がる男たちを押しのけ、紀斗自らその白く熟れた身体を貪《むさぼ》ってからというもの、榊の執着は増す一方だった。別邸に滞在中は常に傍を離れず、政府との協議にすら河手《かわで》を代理に赴かせようとする始末。これ以上、ポンコツぶりに磨きがかかってどうするのだと頭を抱えたのは一度や二度ではない。

双子を通じて河手に泣き付かれ、どうにか出席するよう説得出来たから今こうして一人で過ごせるが、失敗したらぴったりと張り付かれ、際限無く甘い言葉を吐き続けられていただろう。

……俺の、せいだよな。

今また増えた負傷者のカウンターを見下ろし、紀斗は溜息《ためいき》を吐く。

そう、この状況を招いたのは紀斗自身なのだ。紀斗があの男たちを追い払い、めちゃくちゃにしてやろうなんて衝動にかられたから、榊は百年待たなくてもいいのかもしれないと期待を抱いてしまったのだ。これに関しては、紀斗が完全に悪い。

……でも、求めずにはいられなかった。

たとえあの時に戻れたとしても、紀斗は榊に手を伸ばさずにはいられなかっただろう。紀斗以外の男の自由にさせた身体を罰し、紀斗で上書きしてやらなければ正気を保てなかった。

『あ…あ、…嬉《うれ》しい、紀斗…』

大きく開かせた紀斗の両脚を担ぎ上げ、ほころんだ蕾《つぼみ》に凶悪な肉刀を打ち込む榊は、紀斗を犯しながら犯されていた。何度果ててもすぐに勃起《ぼっき》する肉刀を媚肉《びにく》で締め上げ、精液を搾《しぼ》り取ってやるたびに、この男は自分のものなのだと実感出来た。

『貴方だけ…、貴方だけです。僕を見付けてくれたのは……欲しがってくれたのは……』

絡み付く腕と長い髪は、まるで呪縛だった。視界を奪われてしまえば、世界に榊だけしか存在しなくなる。三年前は恐怖でしかなかった上気した顔が、紅い唇が、愛らしいと思ってしまう。……もうこの世に居ないかもしれない少女に重なる。

「っ……、ああ、もう！」

ぶるぶると頭を振り、紀斗は勢いよく立ち上がった。大型の妖鬼の出現によって呼び出されたばかりの双子はもうしばらく経たなければ戻らないだろうが、このフロア内なら一人でも自由に歩き回っていいことになっている。せめて長い廊下を走り込み、体力を維持しようと思ったのだ。

「——八奈木《やなぎ》様」

動きやすい服に着替えようとクロゼットを漁《あさ》っていたら、扉の外から声をかけられた。朧でも虚でもない、大人の男の声だ。紀斗はとっさにソファの陰に隠れ、全身に神経を張り巡らせる。

……俺を恨む、新参者の誰かか？

だが、このシークレットフロアには生体認証された者しか入れない。今のところ登録されているのは榊と紀斗、そして双子だけのはずだ。

たとえ何らかの手段で上って来られても、部屋の扉にも同じ生体認証のロックがかけられている。術者の仲間入りをしたばかりの新参者が、開けられるわけがないのに。

「なっ……」

ピッ、と電子音と共に扉が開いた。するりと入ってきたのは、白い着物に袴《はかま》姿の若い男だ。榊に群がっていた男たちと違い、ほっそりとした優男である。

「そんなに警戒しないで下さい。私は貴方を害するために来たんじゃない」

紀斗を見付けた男は苦笑し、敵意が無いと示すように両手を広げてみせた。確かに武器のたぐいは持っていないようだが、妖鬼と違い、人間は拳《こぶし》や蹴《け》りでも負傷する。警戒を解く理由にはならない。

「なら、何のために来た？　…どうやってここまでたどり着いたんだ？」

「天喰家の新たな当主を探るため、ですよ。ここまで入り込めたのは……とある方の協力のおかげです」

名前までは明かせませんが、と肩をすくめる男はこの上無くうさん臭い。それは男も自覚しているのか、扉の前から動こうとはしなかった。

「…もしかしてお前、政府の関係者か？」

問いかける声が自然と低くなる。

使用する武器は術者も警察官たちも変わらないのに、何故術者しか妖鬼に致命傷を与えられないのか。その秘密を明かすよう、政府が各一族に強く要請していることは双子たちから聞いていた。

だが妖鬼との戦い方は、一族の秘中の秘だ。応じる一族などあるわけがなく、焦《じ》れた政府がスパイを潜り込ませた――じゅうぶん考えうる話だ。政府が協力者なら、生体認証を突破するのも不可能ではない。

「とんでもない。むしろ私は、彼らとは対立する側ですよ。…私の名は鎖藤要助《ようすけ》。鎖藤家の術者です」

「鎖藤って、……あの？」

天喰家と張り合おうとしている、という響きを嗅《か》ぎ取ったのだろう。要助は芝居がかった仕草で胸に手を当てた。

「ええ、最近天喰家にやられっぱなしの『あの』鎖藤です。ご当主様の大切な御方に拝謁が叶《かな》い、光栄ですよ」

「……」

「まだ、信じられないというお顔ですね。…だったら、これでどうです？」

要助はすっと腕を横に伸ばし、着物の袖をまくり上げた。

きん、と鼓膜を突き刺すような音と共に、剝《む》き出しになった腕が変化を始める。ほど良く筋肉のついたなめらかな肌が毛羽立ち、ある部分は鱗《うろこ》へ、ある部分はまだら模様の散る羽毛へと――人間ではありえない変化を。

「……、これ、は……」

紀斗はごくりと唾《つば》を飲んだ。外側は爬虫類《はちゅうるい》を連想させる鱗に覆われ、内側は鳥の羽。思い付くまま何種類もの強そうな生物をつぎはぎしたようないびつな姿に、見覚えがあったからだ。

「妖鬼……」

「ご覧の通り、私は鎖藤の祖である鱗羽の妖鬼の血を引いています。これで信じて頂けますよね？」

何故、要助は平然と言い放てるのだろう。鎖藤家の祖が、妖鬼？　…妖鬼退治を生業《なりわい》とする一族が、こともあろうに妖鬼の血を引いているだなんて。

「…え？　まさか、ご存じないのですか？」

絶句する紀斗に違和感を覚えたのか、要助も怪訝《けげん》そうに眉を寄せる。

「…知らない。今、初めて聞いた」

「そんなはずは…。私たち術者の一族は、種類こそ違え、みな妖鬼を祖に持つ身でしょう。むろん人間社会で生きていく以上、公言はしませんが…。貴方だって分家でも天喰家の一族なら、薄くても祖たる妖鬼の血を引いているはずですよ」

祖たる妖鬼——真っ先に閃《ひらめ》いたのは、数百年前に流れ着いたという神だった。

榊や双子たちは神の血を通し、神の力を受け継いでいる。だから妖鬼を倒すことが出来る。

だが、あれは神だ。妖鬼などではないはず…。

「……様の秘密主義にも、困ったものだな」

「え？」

ぼそりと吐き捨てられた言葉は苛立《いらだ》ちにかすれ、うまく聞き取れなかった。いえ何でも、と要助は笑みを取り繕う。

「遠い分家なので、伝え聞いていらっしゃらないのかもしれませんね。こうして肉体を妖鬼化させられるのは、鎖藤でも特に血の濃い術者だけですから」

「…何故だ？　妖鬼は術者の一族が倒すべき敵だろう？」

「だからこそ、ですよ。…あまり時間は無いのですが、きちんと説明した方が良さそうですね」

ちらりと背後の扉を一瞥《いちべつ》し、要助はもったいぶった口調で話し始める。

「そもそも、何故妖鬼に一切の武器が通用しないのだと思いますか？」

「…、あいつらが異常に頑丈だからじゃないのか？」

「だとすれば、術者だって歯が立たないでしょう。…妖鬼はね、どんな攻撃も跳ね返す魔法の肉体の主というわけじゃない。同じ妖鬼でなければ傷を与えられない存在なんですよ」

妖鬼は人間からは同じ空間に存在しているように見えても、実体は別の次元…元居た世界に存在するのだという。人間に見えているのは、その姿だけ…幻影のようなものだ。だからいくら高性能な武器で攻撃してもダメージを与えられないのである。そのくせ妖鬼はこちらを一方的に傷付けることが出来るというのは、人間としてはかなり不公平に思えるが、不満をぶつけたところで仕方は無いだろう。

逆に言えば、妖鬼同士で戦った場合は、攻撃に応じた傷を負うというわけだ。鎖藤家の始祖は妖鬼との戦いをくり広げるうちにその事実に気付き、数多《あまた》の犠牲のもとになるべく人間に近い形状の妖鬼を捕らえると――強引に交わり、子をもうけたのである。

始祖の目論見《もくろみ》は当たり、成長した子は手練《てだ》れの武士でも傷一つ負わせられない妖鬼を刀一振りで倒すまでになった。その子を起点として妖鬼の血を引く者が生まれ、鎖藤の一族が形成されていったのだ。

「…それは、うちだけじゃない。現代で術者の一族として生き残ってるのは、どこかで妖鬼の血を受け容れた家でしょう」

「天喰家も同じだと？」

「さもなくば、あんなペースで妖鬼を退治出来るわけがない。天喰家の始祖は、相当高位の妖鬼と子を作ったのでしょうね」

どくどくと脈打っていた心臓が跳ね上がった。『相当高位の妖鬼』とは、やはり。

……神、なのか？

人ならざるモノと交わり、子を成した。その子を始まりとして、術者一族として繁栄を極めた。要助の語った鎖藤家の軌跡は、天喰家のそれとぴったり一致する。…してしまう。強大な力を有し、人と子を成せるくらい人間に近い容姿を持った妖鬼は、当時の人々の目には神のように見えたのではないか――。

「…ですが、どれほど高位の妖鬼と契ったとしても、今の天喰家は異常なのですよ」

「異常……？」

自分や榊たちが人間の敵である妖鬼の血を引くというだけでも衝撃なのに、まだ何かあるのか。警戒する紀斗に、要助は声をひそめる。

「術者の血や体液を与えただけでは、一族に生まれなかった者は術者にはなれません」

「っ…、だが…」

「今まで、天喰家以外の一族がどこも試さなかったと思いますか？　我が鎖藤家も、一人でも多くの術者を調達すべく、一族の血を引かない一般人に術者の体液を与えてみました。ですが誰一人、術者にはなれずに終わってしまった」

つまり、先天的に妖鬼の血を引いていなければ、いくら術者の体液を取り込んでも意味が無いということだ。だが榊に群がっていた新参者たちは確かに神の力を得て、妖鬼退治に赴いている。紀斗の推測が正しければ、天喰家もまた妖鬼の血を引くはずなのに。

この違いは、何なのか？

「鎖藤と天喰とでは、何が違うのか。単に祖とした妖鬼の性能の差なのか、今の当主が特別なのか。それを探るため、私は志願者を装ってこちらに潜り込みました。もうすぐ順番が回ってくるはずだったのですが…ご当主様は何故か、神の力を与えて下さらなくなってしまったので」

「それは……」

間違い無く紀斗のせいだ。紀斗が群がる男たちを排除したあの日から、感激した榊は紀斗以外の誰にも触れさせせなくなってしまった。

「だから私は、危険を承知で貴方に会いに来たのです。…ご当主様の掌中の珠《たま》である貴方に、協力をあおぐため」

「…俺が榊に、告げ口すると思わないのか？」

「それならそれで仕方ありませんが…貴方が他の者たちのように、盲目的にご当主様の寵愛《ちょうあい》を喜んでいるようには見えませんでしたから」

要助は紀斗が駅からここに転移させられた時、出迎えた男たちの中に交じっていたのかもしれない。榊が紀斗に心を砕くのを見て、使えると思ったのだろう。だから協力者とやらの力を借り、こんなところまで忍んできた。

「協力者は誰だ…と聞いても、教えてくれないんだろうな」

「さすがに、そこまでは。あちらにも立場というものがありますし。貴方が私たちに協力して下されば、いずれはお教えしますが」

「…そこまでして、俺を何に協力させたいんだ？」

半ば予想はついたが、紀斗は敢《あ》えて尋ねた。すると要助は妖鬼化した腕を元に戻し、表情を引き締める。

「何故、天喰家の当主は妖鬼の血を引かない一般人を術者に変えられるのか。その秘密を共に探って頂きたい」

「……」

「天喰家は代々にわたり術者一族のトップに君臨してきましたが、今の当主はあまりに異質です。術者の量産だけではなく、あの方が当主に就任して以来、妖鬼の出現率が急上昇していることも気になります」

それは紀斗も、内心ずっと引っかかっていたことだった。初めて妖鬼がこの国に現れてから数百年。人々が常に妖鬼の脅威にさらされるようになってから三年。…榊が結界を破って外の世界に出て来たのと、急激な妖鬼の増加は奇妙なほど一致する。無関係なわけがない。

脈ありと見たのか、要助はわずかに身を乗り出した。

「貴方にとっても利が無いわけではありません。…もしご当主様の寵愛を受けるのが不本意なら、秘密が明かされたあかつきには、我が鎖藤家がここから逃がして差し上げます。むろん、その後の生活も保障します」

「…、俺は…」

「このまま、ここに留まりたいのですか？　……私も鎖藤家も、ご当主様に危害を加えるつもりは無いのです。ただ新たな術者の作り方と、妖鬼の出現率の増加の謎を明かしたいだけ。妖鬼の脅威に怯える人々を、今以上に助けられるように」

要助が本音を全て明らかにしているとは思えなかった。もちろん、術者の一族として苦しむ人々を救いたいのは本当だろう。だがその奥底には、鎖藤家こそが天喰家の上に立ち、術者一族に君臨したいという野望も潜んでいるはずだ。

「……わかった」

だから紀斗が頷《うなず》いたのは、要助を信じたからではない。榊にはまだ、紀斗にも隠している秘密があると思ったからだ。それを明らかにすれば、榊が紀斗に執着する理由――結界に閉じ込められていたはずの榊と紀斗がいつどうやって出逢っていたのかも、わかる気がして。

……いつまでも、こんな宙ぶらりんの状態を続けられるわけがない。来るべき時が来たのだ。

「協力しよう。俺は何をすればいい？」

「八奈木様…、……ありがとうございます！」

感激した要助がここぞとばかりにまくしたてるのを、紀斗は他人事《ひとごと》のように聞いていた。


――この邸内で、入り込めるところは探し尽くしました。残るはシークレットフロアの、ご当主様の私室のみです。八奈木様には、私室をくまなく探して頂きたい。

要助がそう言い置いて去った数日後、紀斗は榊が緊急の呼び出しを受けた隙に榊の部屋に忍び込んだ。さすがの協力者も、当主の部屋までは突破出来なかったようだ。おそらく私室にも榊の結界が張られ、紀斗以外の侵入を防いでいるのだろう。結界を無効化してしまう紀斗には、確かめようが無いが。

「…しかし、探すと言ってもなあ…」

がらんとした広い座敷を見回し、紀斗は嘆息した。相変わらず殺風景な部屋だ。紀斗の部屋には次々と物が増えていくのに、ここには人間の暮らしを窺《うかが》わせるものが何も無い。

布団も今は片付けられているから、めぼしい家具と言えば部屋の片隅に置かれた古めかしい箪笥《たんす》くらいだ。これにもきっと侵入者に備えて結界は張られているのだろうが、一族の秘密に関わるものがこんなところにしまわれているとは思えない。

だが現状、ここくらいしか探すところが無いのも確かだ。五段ある抽斗《ひきだし》を上から順番に開けてみる。引いた時の軽い感覚からして薄々察しはついていたが、どの段にも綺麗《きれい》にたたまれたシャツが数枚入っているだけだ。

……あいつ、本当にどうやって生活してるんだ？

肌まで重ねたのに、紀斗は普段の榊の姿をまるで知らない。いつ起きて食事をし、いつ眠っているのかすらも。毎日、あちらから紀斗のもとに押しかけてきて、纏《まと》わり付くのが日課だから。

高性能なくせにいまいち実社会に順応しきれていないポンコツぶりは相変わらずだが、紀斗がすかさず教育的指導を加えてきたおかげか、だいぶマシになった…と思う。誰もがひれ伏す神秘的な美貌《びぼう》で君臨しながら、紀斗の言うことにだけは素直に従う榊に、最近では…。

じわりと胸に広がる寂しさを振り払い、桜の花をかたどった金具のあしらわれた抽斗を元に戻そうとして、紀斗は違和感を覚えた。抽斗の高さが、箪笥本体のそれよりも低すぎる気がしたのだ。

「もしかして…」

ふと閃き、一番下の抽斗を箪笥から抜いてみる。すると抽斗と土台との間の板に小さな取っ手が付いており、手前に抜けるようになっていた。隠し抽斗だ。昔、祖母の家で見たことがある。

中に収められていたのは、抽斗とほぼ同じ大きさの平たい桐箱《きり》が一つだけ。ずいぶんと古ぼけ、施された彫刻もすり減っているが、こうして隠すくらいだ。榊にとってよほど大切なものに違いない。

榊の抱える秘密の一端が、いよいよ明かされるのか。ごくりと喉《のど》を鳴らし、縁があちこち丸くなった蓋《ふた》を開ける。

「……こ、これは……」

たたまれていた布地を広げてみれば、肩上げのされた子ども用の振袖だった。馥郁《ふくいく》と咲き誇る桜の花を描いた豪奢《ごうしゃ》な模様に、紀斗の目は釘付けになる。…初めてではない。十八年前にも見た。この振袖を纏った、花の妖精を。忘れるわけがない。土蔵に閉じ込められた、哀れな…初恋の少女を。

……どうして、あの子の振袖がこんなところに⁉

あの子が閉じ込められていた土蔵がまだ取り壊されていなければ、当主の榊が中に入る機会はあったかもしれない。だが、どうしてこの振袖をわざわざ手元で保管する必要があった？

振袖の下には、小さな袱紗《ふくさ》の包みがしまわれていた。震える手で開いた瞬間、記憶の奥底に封じ込められていた過去が牙《きば》を剝く。無防備な喉笛に食らい付き、血を噴き出させる。

――のりと。

「……あ、あ、…あ…」

――まってた。ずっと。のりとがきてくれるの、あさもひるもよるも、ずっと、ずっと。

「あ、……あー……！」

駄目だ。…もう駄目だ。喉はずたずたに引き裂かれ、脳は焼け焦がされてしまった。…だって、ごめんなさいも会いたかったも好きだよも、言葉にならない。あの子の面影しか頭に浮かばない。…袱紗に包まれていた、押し花の栞《しおり》しか見えない。

見間違えるわけがない。ずいぶんと色あせ、角が丸くすりきれているけれど、これはかつて幼い紀斗が作ったものだ。華やかな着物を纏いながら、本物の花を見たことの無いあの子のために。

……間違い、無い。榊は、あの子を知ってるんだ。

そうでもなければ、振袖のみならず、ごみと紛れてしまいかねない押し花までもが大切に保管されているわけがない。…あるいはあの子は、榊の近親者だったのか？　だから榊を見るたび、あの子が重なった？

……いや、違う。そうじゃない…、そんなんじゃない。

何かが、決定的に間違っている気がする。まだ、大切なことが記憶の底に残ったままのような。

……思い出せ。思い出すんだ。

あの子と出逢った土蔵は、本邸の敷地の奥にあった。だから誰も近寄らず、あの子は紀斗以外の誰とも会ったことが無いようだった。

……あんなに大きな土蔵が、本当に誰の目にも付かなかったのか？　正月には、俺以外にもたくさんの一族の子どもたちが集まっていた。俺以外にも、あの子に気付く奴が居たって良さそうなのに。

母は言っていた。あの土蔵は、当主に逆らった罪人が閉じ込められているのだと。…それほどの罪人が、見張りも付けられず、ただの土蔵に監禁されるだろうか。

「あ……」

あの土蔵に近付いては駄目だと、母は言った。そう…、あの子に近付いては駄目だとは言わなかったのだ。母の居た位置からでも、あの子は見えていたはずなのに。

単に気付かなかっただけ？　いや、あんなに綺麗な子を、無視なんて出来ないはずだ。…母には…いや、きっと紀斗以外の誰も、あの子が見えなかった。

紀斗だけにしか見えなかった理由。紀斗にあって、他の人間には無いもの。…結界を無効化する、神の力…。

「――八奈木様、八奈木様っ！」

おぼろな形を取りつつあった思考は、ぴったり重なった双子の切羽詰まった声に打ち砕かれた。慌てて振袖と栞を抽斗に突っ込み、扉を開けてやると、珍しくうろたえた様子の双子が飛び込んでくる。

「…何があった？」

「妖群が発生した！　それも三つ！」

「どれもここから十キロも離れてない。こっちに向かって移動してる」

立て続けに叫び、朧と虚ははあはあと息を切らしながら床に手をついた。ここしばらく妖鬼退治に駆り出され続けている二人だが、こんなに疲れた姿を見るのは初めてだ。

だがそれは、双子だけではない。

「妖群？　…妖鬼じゃなくて、か？」

言い間違いであって欲しかったが、双子はぶんぶんと首を振った。

「違う、妖群の方！」

「…これ、見て！」

虚がかざしたタブレットに映し出されているのは——地獄だった。

街中を逃げ惑う人々が妖鬼の巨大な手に鷲摑《わしづか》みにされ、生きたまま貪り喰われていく。我先にと逃げるそばから捕食される若い男。傍に居た恋人を突き飛ばして逃げた先で待ち伏せされ、喰われる女。頭から嚙《か》み砕かれる我が子を取り戻そうとして別の妖鬼に捕らわれ、下半身から貪られていく母親。憐《あわ》れな母子を助けようと果敢に発砲する警官に、背後から襲いかかる妖鬼。

「先行した部隊に、ドローンで撮影させたんだ。あと、こっちも」

虚はタブレットを操作し、画面を三分割する。

新たに映し出された二地点でも妖鬼どもは画面を埋め尽くさんばかりに溢れ、人々を手あたり次第に喰らっていた。いや、ただ喰らうだけではない。人間の血肉を貪りながら、奴らは同じ方角に向かってのしのしと行進していく。

「今までと、形が変わってる…？」

えずきそうになるのを堪《こら》え、紀斗は画面を凝視した。

リアルタイムで中継される妖鬼の姿は背中から翼が生えていたり、髪の代わりに無数の蛇をうごめかせていたり、奇妙なデザインの鎧《よろい》を装着していたりと相変わらずでたらめなデザインだが、全体的な形は紀斗が遭遇した妖鬼どもに比べるとだいぶ人間に近くなっている。

中には人間の服を着せ、一つしか無い目を隠してしまえば人間に交じれるのではないかと思える妖鬼まで居た。紀斗の知る限り、妖鬼はあらゆる種類の動物を適当につぎはぎした、獣めいた姿がほとんどだったはずだ。

朧が悔しそうに唸《うな》る。

「こいつら、まず最初にこの辺一帯の警察署や放送局なんかに現れて、中の人間を皆殺しにしたらしい。だから一報が遅れて、すごい勢いで犠牲が出てる」

「…どこを狙《ねら》えば人間が混乱するか、把握してるってことか」

姿のみならず、知能まで明らかに人間に近付いている。ぞっとしたのは紀斗だけではないだろう。やみくもに暴れ、人間を喰らうだけだった妖鬼が高い知能に基づいて行動するようになれば、人間はますます追い込まれることになる。

「たぶん、こいつらは…」

虚は画面を全体マップに切り替えた。赤い三角のアイコンで表示された妖群がそれぞれ北、東、西からじりじりと移動する先にあるのは――。

「…ここに向かっているのか。何故…」

息を呑《の》む紀斗に、双子は揃《そろ》って首を振る。

「さあね。俺らがさんざん仲間を殺したから、仕返ししてやろうって思ったのかも」

「どんな理由でも、僕たちがすることは同じ。…全部、殺す」

制服を纏った全身から、抑えきれない殺気がゆらりと滲み出る。

昨日も妖鬼退治に駆り出されたばかりだ。疲労は抜けきっていないだろうが、二人が出ないわけにはいくまい。妖群がここにたどり着くまで放置しておいたら、その間に何人の人々が犠牲になることか。

「…俺も…」

「八奈木様は、絶対にシークレットフロアから出るなよ。絶対だぞ」

「八奈木様が外に居たら、ご当主様は安心して戦えない…と思う」

自分も戦いたいと言い出すのを見透かしたように、朧と虚は警告した。紀斗ははっとする。

さっき榊が緊急の呼び出しを受けたわけは――。

「榊も、戦うのか⁉」

紀斗が駅で襲撃されたあの日以降、榊が自ら妖鬼退治の現場に赴いたことは無い。おそらくあの日が例外で、基本的には術者を増やし、後方から指示を出すのが当主の役割なのだろう。

「もう戦ってる」

虚が頷いた瞬間、心臓が冷たい手で鷲掴みにされたように縮み上がった。…知っているのに。

榊がどれほど強く、妖鬼を寄せ付けないか、この目で確かめたはずなのに。

「…もう、戦ってるって…」

「北側の妖群に向かった。どこもやばいけど、あそこが一番ここに近くて数も多いから。…俺たちは、西と東の殲滅《せんめつ》に専念しろって言われてる」

「そんな、…まさか！」

嫌な予感に襲われた紀斗から、朧は苦い表情で顔を逸《そ》らす。…やはり、そうなのだ。榊はたった一人で、迫りくる妖群の一つと戦っているのだ。

「何で、俺に何も言わずに…」

たった一言告げに戻る余裕すら無かったのかとなじりそうになり、紀斗はぐっと拳を握り込んだ。自分に榊を責める資格なんて無い。百年後に榊のものになるなんて叶いっこない約束をしただけで、榊の求愛をはねつけ続けているのだから。

……でも。

桜の模様の振袖。大切そうに保管されていた押し花。

……あいつは、もしかしたらあの子の……。

「とにかく、八奈木様は絶対にここを動かないで」

「ご当主様なら大丈夫。すぐに八奈木様のところに戻ってくる…と思う」

「…朧、虚！」

何度も念を押し、慌ただしく去ろうとする双子は今日もどこかの制服姿だ。紀斗よりもはるかに強いはずの背中が妙に儚《はかな》く見え、気付いたら呼び止めていた。

「君たちも…、無事に帰って来いよ」

振り向いた二人はきょとんと顔を見合わせたが、やがてくしゃりと笑った。朧は右の、虚は左の拳を掲げ、互いに交差させる。

「任せといてよ」

一音もずれずに言い放ち、駆け出していく後ろ姿を見送っても、紀斗の心はまるで落ち着かなかった。タブレットを置いていってもらえば良かったと気付いても、後の祭りだ。

「榊……」

名を紡ぐだけで、胸が突き刺されたように痛む。こんなことは初めてだった。榊とあの子が繋《つな》がっているかもしれないから？　いや、これは…この痛みは…。

――確かめたい。

今すぐ榊を捕まえて、胸に渦巻く疑問をぶつけてしまいたかった。…我ながら荒唐《こうとう》無稽《むけい》だとは思う。だがこの考えが正しければ、全てのつじつまが合うのだ。

榊は北の妖群と戦っているという。駅で妖群に襲撃された時、妖鬼は何故か紀斗を襲わなかった。あの時と同じ現象が起きてくれれば、戦うすべの無い紀斗でも榊のもとまでたどり着けるかもしれない。でも、もしもあれがあの時限りの偶然に過ぎなかったら…。

見せられたばかりの映像が頭をよぎる。こみ上げる吐き気を呑み込んだ時だった。スマートフォンに着信が入ったのは。

「…もしもし？」

いつもなら非通知の着信は無視するが、迷わずに取った。要助に請われ、電話番号を教えてあるのだ。案の定、聞こえてきたのは要助の声だった。

『八奈木様、妖群の襲撃については聞きましたか？』

単刀直入に切り出す背後がざわめいている。まだ神の力を授かっていない要助が戦場に駆り出されることは無いはずだが、どこに居るのだろうか。

「今聞いた。…悪いが…」

榊の留守を突いて捜査に協力して欲しいというのなら、もう無理だ。そう言いかけたところに、要助は驚くべき情報をもたらす。

『北の妖群の討伐に赴かれたご当主様が、苦戦されているそうです』

「…っ…、どうしてお前がそんなことを知っている？」

『協力者からの報告です。今回の妖群は、今までとは何もかもが違う。逃げ惑う人々を巧みに盾に取り、障害物を利用しての挟撃まで試みてくるため、さすがのご当主様もいつものように殲滅は出来ずにいる様子』

榊は自分以外の全ての術者を東西の妖群の撃退に当たらせ、北の妖群を一手に引き受けた。今までなら、それで何の問題も無かったのだ。妖鬼はところ構わず出現しては、場当たり的な行動を取り、目に付いた人間を喰らうだけだったから。

だが今回の妖群は形も知能もより人間に近付いている。紀斗が駅で遭遇したトカゲ型の妖鬼は、人間が同胞の死に動揺する生き物だと理解していた。生きた同胞を盾に取れば有利に戦えると、学習してしまったのだろう。

……妙だな。

駅に出現した妖鬼は、全て双子と榊によって倒された。もちろん、あのトカゲ型の妖鬼も。ならばいったい誰が、学習した内容を他の妖鬼に伝えたというのだろう。妖鬼には彼ら自身の生きる世界があり、どこかに空いた穴から姿だけがこちら側に入り込んでいる、というのが現在の通説である。榊と双子の目を盗み、彼らの世界に逃げ帰った妖鬼が居たとは考えにくい。

……妖鬼は一つの生き物のように、意識を共有している……？

閃きかけた考えを、紀斗は即座に追い払った。…馬鹿馬鹿しい。今はそんなくだらない妄想にふけっている場合ではない。

「それで、榊は？」

『説明するより、見て頂く方が早いでしょう。…こちらを』

アプリに送られてきた動画を、逸《はや》る気持ちを抑えながら再生した。するとスマートフォンの画面いっぱいに、がれきと化したビルが映し出される。

――オ、オオ、オウ、…ヨ、…オウヨ……。

金属を擦り合わせるような、生理的な嫌悪を感じずにはいられない呻《うめ》きをあちこちで漏《も》らすのは、鎧を纏った騎士――に見える妖鬼たちだ。デザインはまるで統一されておらず、西洋風の甲冑《かっちゅう》もあれば中東や日本風のものもあるが、どの妖鬼もみな双子に見せてもらったより人間に近く、剣や弓、槍《やり》などの武器まで扱っている。少数だが、銃らしきものを所持する妖鬼も交じっていた。己の肉体のみでがむしゃらに戦っていた今までの妖鬼とは、明らかに違う。

連携して襲いかかる彼らに、立ち向かうのは榊一人だ。駅で襲撃された時とは違い、丸腰ではなく日本刀を手にしている。雨あられと降り注ぐ攻撃を舞うようにかわし、転移で敵の背後を取って鋭い斬撃《ざんげき》をくり出す姿は優雅ですらあるが、多勢に無勢はくつがえしようが無い。

倒しても倒しても、妖鬼は文字通り湧いて出る。体力を消耗し、動きの鈍くなっていく榊と、取り囲む妖群の距離がじりじりと狭まる。今はまだほんの少しずつだが、戦いが長引けば、いずれは…。

『八奈木様。…私と一緒に、ご当主様を助けに行って下さいませんか?』

動画の再生が終わると同時に、要助は切り出した。

『まだ、術者を作り出す謎を暴けていません。この状況でご当主様に死なれるのは、私としても鎖藤家としてもまずいのです』

「…何故、俺も?」

『こちらでの私は、あくまで術者の志願者。今回はこの別邸での待機を命じられていますが、貴方と一緒なら、何をしようと咎《とが》められることはありませんから』

待機を命じられているのは紀斗も同じだが、榊も双子も不在の今、紀斗の行動を制限出来る者に居ないだろう。自分の判断で榊のもとに向かおうとする紀斗を実力行使で止めようとすれば、後々榊からどんな罰を受けるかわからないのだから。

結界を無効化出来るだけの紀斗が、戦いの役に立つとは思えない。だが鎖藤家でも高位の術者である要助が加われば、榊の負担はかなり軽減されるだろう。殲滅は無理でも時間さえ稼げたら、東西の術者が加勢に駆け付けてくれるかもしれない。

紀斗はスマートフォンをぐっと握り締めた。身の安全のためなら、ここに閉じこもっているのが一番だとわかってはいるが——。

「……お前と一緒に行く。どこで落ち合えばいい？」

何も聞かないまま死なせたくはなかった。

紀斗をどん底に叩《たた》き落とし、救ってくれたあの男を。

「……いつまで寝てるつもりなの。さっさと起きなさい」

冷ややかな命令と同時に、がつん、と横っ面に強烈な衝撃が走った。

たまらず跳ね起きた紀斗の腹に靴底をめり込ませ、長い髪の女が腕を組んで見下ろしている。

細身をぴっちりと覆う黒いライダースーツと、あたりに立ち込めた血の匂いに、三年前の記憶が呼び覚まされる。

「……月重《つきえ》……、さ、……っ！」

「あの化け物の慰み者の分際で、私の名前を呼ばないで。汚らわしい」

地べたに横たえられた紀斗の腹を、月重はぐりぐりと容赦無く踏みにじった。女王然としたきつい美貌は変わらないが、よくよく見ればその目元にはメイクでも隠し切れないくまが刻まれ、肌も瑞々《みずみず》しさを失い、ずいぶんと老け込んで見える。

「まあまあ月重様、そのくらいで」

背後に控えていた要助が、ようやく止めに入った。女王の機嫌を窺う下僕めいた笑みに、紀斗はようやく思い出す。

……そうだ。俺はこいつに嵌《は》められたんだ。

電話を切った直後、紀斗は指定された裏口で要助と落ち合った。裏口にも当然監視の術者が配置されていたが、紀斗の行動を止めることは出来ず、要助が用意させていた車に乗り込んだ。そこまでは要助と紀斗の狙い通りだったのだ。

だが、車が走り出したとたん、要助は紀斗を座席に押さえ付け、きつい臭いの染み込んだ布を口にあてがってきた。臭いがつんと鼻を突き抜けると同時に意識が真っ黒に塗りつぶされ、気が付けばこうして冷たい床に転がされていたのだ。

……ここは、どこかの倉庫か？

天井の高いがらんとした空間に荷物のたぐいはほとんど置かれておらず、何台か車が停められてあるだけだが、間違いは無いだろう。

月重の背後に見える巨大なシャッターは少しだけ開いており、太陽の光が差し込んでいる。そう長い時間、失神させられていたわけではないらしい。おそらく、都内から出てはいないはずだ。

「…お前の協力者は、この女だったのか」

ひそかに周囲を窺いながら問えば、月重は不愉快そうに眉を跳ね上げた。名前を呼ぶなと言うからそうしたのに、結局、紀斗が…天喰家に生まれた役立たずの男が何をしても癪《しゃく》に障るのだろう。姿は大人になっても、理不尽な性根は取り巻きと紀斗をいびっていた少女の頃と変わらない。

そう言えば、その取り巻きの姿がどこにも見えないのはどういうわけだろう。彼女たち巫女《みこ》は、月重と月予《つきよ》が榊によって追放された際にも同行したはずだが…。

「ええ。三年前、月予様と多くの巫女様がたと共に、我が鎖藤家に助けを求められたのですよ。同じ術者の一族としても人としても窮地を見過ごせませんでしたから、当然、お引き受けいたしました」

要助は自慢げに胸を張るが、逃げ込んできた月重たちはいずれも神の力を受け継ぐ巫女だ。慢性的な術者不足に悩む鎖藤家が、受け容れないわけがない。月重とて、自分たちが大切に扱われると踏んだからこそ身を寄せたのだろう。

そして三年間ずっと、家を奪った弟…榊への復讐《ふくしゅう》を企んでいたに違いない。さもなくば、役立たずとさげすんでいた紀斗をこんな形で拉致《らち》させるわけがないのだから。

「榊への復讐計画も受け容れたのか。だからわざわざ志願者を装って天喰家に入り込み、俺と接触したんだな」

月重が協力者なら、シークレットフロアの紀斗のもとまで忍んで来られたのも納得だ。三年前まで、月重はあの別邸に住んでいた。セキュリティの穴を知っていてもおかしくない。あるいは万が一の場合に備え、榊も知らない緊急用のコードが登録されていたのかもしれない。

術者を増やす方法を探るというのも、目的の一つではあったのだろう。だが要助の——月重の真の目的は、こうして紀斗を拉致し、榊をおびき寄せるための餌《えさ》にすることだったに違いない。紀斗にはそうとしか思えなかったのだが。

「——あの出来損ないの化け物に、復讐？」

にたりと紅い唇を吊《つ》り上げたのは月重だった。腹にめり込んだままの靴底から、小さな振動が伝わってくる。

「この私が三年もかけて復讐するほどの価値なんて、あの化け物には無いわ。私はただ、取り戻したいだけよ」

「取り戻す…？　当主の座を、か？」

「それだけじゃないわ。…かつて私の祖先は神の子を宿し、聖なる巫女として君臨した。輝かしその労力を、天喰家は私の代で取り戻すのよ。化け物を始末して…、ね」

神の子を宿した祖先というのは、傷付いた神と無理やり契った上、競争相手であった弟を生《い》け贄《にえ》として神に喰わせた娘のことだろう。

「…出来るわけがない。貴方と榊とでは、力が違いすぎる。末端の俺ですらわかるほどに」

たとえ紀斗を人質として榊の殺害に成功したとしても、榊以上に天喰家を繁栄させるなど不可能だ。月重には榊のように、一般人を術者にする力は無い。妖鬼の出現率がこのまま上がり続ければ、優秀な弟を殺して返り咲いた当主には批判が殺到するだろう。

「あは、あははっ！」

背をのけ反らせて笑い、月重は紀斗の腹から足をどかした。じくじくと痛む腹を押さえながら後ずさろうとする紀斗に、背後を顎《あご》でしゃくってみせる。

「この私に不可能なんて無いわ。…だって今日、妖群を呼び寄せたのは私なんですもの」

「…な、んだって…？」

へらへらと笑っていた要助が顔を逸らした時点で、嫌な予感はしていた。…見たくない。見てはいけないと理性はしきりに警告し、がんがんと頭を痛ませているのに、目は勝手に月重の示す方に吸い寄せられてしまう。

…コンクリートの床に、いくつもの肉塊がこんもりとうずたかく積み重ねられていた。鮮血をしたたらせる肉の山のあちこちから無造作に覗《のぞ》くのは、どう見ても人間の手足だ。漂う死臭は、少しシャッターを開けただけでは逃しきれない。

山の手前にずらりと並べられた首——驚愕《きょうがく》と無念を刻んだままのそれらはいずれも若い女性だったが、一つだけ白髪の老女のものが交じっていた。苦悶《くもん》に歪《ゆが》んだ皺《しわ》深い顔を、紀斗は知っている。

「……月予様……」

末端の分家、それも男に面と向かって名を呼ばれれば、生前の月予なら無礼者と叱《しか》り飛ばしただろう。だが首だけとなった今は、ぽっかりと開いた目を閉じることすら出来ない。変わり果てた祖母を、月重は不遜《ふそん》に見下ろす。肉親に対する情も哀悼も、きつい眼差しからは感じ取れない。

「妖群を呼び寄せるための、餌になって頂いたわ。巫女たちと一緒にね」

「…貴方が、殺したんですか…⁉」

では、若い女性の首は月重と共に追放された巫女たちのものなのだ。彼女たちはいずれも本家に近い血筋、中には月重の従姉妹や姉妹も居たはずである。三年間、追放された月重に尽くしてくれただろう肉親を、その手で殺した？　…それが何故、妖群を呼び寄せることに繋がるのだ？

「私が手を汚すわけがないでしょう。やったのはそこの男と、鎖藤家の者たちよ」

見当違いの苛立ちを滲ませ、月重は要助を指差す。要助は気まずそうに口をゆがめたが、否定はしなかった。…事実なのだ。

「どうして、そんなことを！」

月重の取り巻きでもあった彼女たちには、正直なところ良い思い出は無い。でも、仕えていた主人に裏切られた挙句、惨《むご》たらしく殺されていい存在ではなかったはずだ。

「仕方無かったのよ。王の血を最も濃く引くのは、私とあの化け物以外では、お祖母さまとこの子たちだったから」

「…王…の、血…？」

「あら。あの化け物、まだ教えていなかったの」

月重は紀斗の傍らに膝をつき、前かがみになった。ライダースーツの胸元から、細身を裏切る豊満な胸の谷間がちらつく。

「天喰家に流れ着いた神はね。……異界の王だったのよ」

「異界…、…っ、妖鬼たちが住むと言われている世界の？」

はっとして問いを挟めば、そう、と月重は軽く頷いた。

「つまりは妖鬼どもの王ということね。妖鬼というのは実力本位で、常に勢力争いをくり広げているらしいわ。天喰家の神は争いを勝ち抜き、見事王の座を獲得したけれど、その時の傷がもとで次元に空いた穴をすり抜けてしまった。そうして流れ着いた先が、天喰家だったというわけ」

天喰家の神もまた強い力を持つ妖鬼だったのではないかという推測は、当たっていたのだ。術者一族の中でも天喰家が突出した強さを誇るのは、祖とした妖鬼が王だったのなら当然である。

「天喰家の神は、妖鬼の王だった……」

呆然《ぼうぜん》と呟《つぶや》いた瞬間、氷の海に叩き込まれたような悪寒に襲われた。

……妖鬼が初めてこちら側の世界に現れ、人間を襲ったのも、神が流れ着いたのと同じ頃じゃなかったか……？

もしも妖鬼たちが、流れ着いた王を追ってきたのだとしたら。

──最初の巫女となった娘に封印された王を、見付けられないままでいるのだとしたら…。

「ふふ、気が付いた？」

月重はにっと邪悪に笑った。神…妖鬼の王を封印し、弟を喰わせた娘もきっとこんな顔をしていたのだろうと思った。何故なら、何故なら…。

「人間を喰らうためじゃない。妖鬼どもはね、王を取り戻すために私たちの世界へやって来ているのよ。もう何百年も……途中で喰らった人間の血肉に味を占めるほどに」

「…それじゃあ…！　妖鬼が、こちら側に出現し続けているのは…っ…」

「彼らの王…天喰家の神のせい、ということになるわね」

違うだろう、と詰め寄ってやりたかった。胸倉を摑《つか》んで、がくがくと揺さぶってやりたかった。…神は、自らの意志でこちらに留まったのではない。最初の巫女に封印され、神の子というこちらの世界との関わりを持たされてしまったせいで還れないだけだ。

……全部、天喰家のせいだったってことじゃないか！

失踪《しっそう》した王を探しに来たら、王を封印した人間たちに全力で迎え撃たれた。妖鬼たちからすれば、彼らとて被害者だ。人間を喰らうことだけは許されないが、それとて天喰家が王を素直に還しさえすれば防げていたはずである。天喰家のせいで、いったい今まで何人の人間と妖鬼が犠牲になったのか。

「だから私は、奴らの習性を利用させてもらったのよ」

末端の紀斗でさえ己の血筋の罪深さに吐きそうになっているというのに、直系に連なる女は誇らしげに肩をそびやかした。

「奴らは今でも王を求め続けてる。だったら王の血がたくさん流れて、臭いがばらまかれたら絶対に大挙して押しかけてくるはずだと思ったの。…狙い通りだったわ」

「あ、…あんたは、そんなことのためにご当主様を…、彼女たちを！」

原型も留めないほど切り刻まれたのは、なるべく多くの血を流させ、その臭いをまきちらすためだったのか。

怒りとおぞましさにぶるぶると震える紀斗を、月重は不思議そうに見詰める。…そんな表情が少しだけ榊に似ていると感じてしまう自分が、気色悪い。

「どうしてそんなに怒るの？　…ああ、もしかしてこの子たちの中にお気に入りでも居た？」

「…な…っ、そ、そんなことじゃ…」

「いいわよ。一緒にさせてあげるわ。…墓の中で良ければね」

月重がどいた直後、小さな影がすさまじい速さで紀斗めがけて飛来する。音も無く放たれたそれを床を転がってかわせたのは、首筋をちりっと焼く本能の警告のおかげだ。

「くそ、今のをかわすか…！」

からん、と床に落ちたナイフには一瞥もくれず、要助は妖鬼化した指の間に挟んだ二本目を素早く投擲《とうてき》する。

とっさに反対方向に転がれば、横っ腹に月重の容赦の無い蹴りが入った。

「…うああっ！」

焼け付くような痛みが連続で走った。右の二の腕に、柄の無いナイフが二本突き刺さっている。一本と見せかけて、同時に二本投げていたらしい。

「もう一本！」

とどめとばかりに放たれたナイフは、床にのたうつ紀斗の右脚に命中した。深々と刺さったそれをかかとで根元まで押し込み、月重は長い髪をかき上げながら笑う。

「喜びなさい。ゴミクズに過ぎないお前が、天喰家当主の役に立って死ねるのだから」

「…う…っ、く……」

――あの化け物に、お前に対する執着ゆえに生贄の資格を失った。当主の座についたのも、お前を囲うため。ならばお前さえ殺してしまえば、あの化け物は力の根幹を失う。弱体化したあの化け物を殺し、押し寄せてきた妖群も滅し、私は再び天喰家に君臨するのよ」

「馬鹿な…、ことを…！」

妖鬼の襲撃が彼らの王を…天喰家に封印された神を取り戻すためだというのなら、彼らに王を返してやればいい。そうすれば今、街を暴れ回っている妖群は彼らの世界に引き返し、二度とこちら側に出て来なくなるはずだ。妖鬼による被害もゼロになるだろうに。

「それじゃあ、困るのよ」

紀斗の考えを読み取ったのか、月重は綺麗に描かれた眉をひそめた。

「平和になってしまったら、術者一族は無価値な存在に成り果ててしまうじゃないの」

「あまりひんぱんでも困りますが、私たちの手に負える程度に襲撃し続けてくれるのが一番望ましいんですよ。今、この国は私たちに頼らなければ、まともに市民を守ることすら出来なくなりつつあります。このまま私たち無しでは国が立ちゆかなくなるのが理想ですね」

淡々と月重に同意する要助は、心まで人間ではなくなってしまったのだろうか。自ら妖鬼を招き寄せておいて退治し、数多の犠牲のもとに感謝と報酬を受け取ろうなんて、マッチポンプにしても醜悪すぎる。

「…それがお前の…鎖藤家の総意なのか」

「そうでもなければ、こんなことまでしませんよ」

肩をすくめながら、要助はちらりと月重を見やった。庇護《ひご》を受ける身でも月重が自重したとは思えないから、三年間、相当手を焼かされたのだろう。今日は月予と巫女たちの惨殺まで代行させられた。…でも同情なんてしない。自業自得だ。

……こんな奴らに、殺されるのか。

人の命を、金儲《もう》けの道具としか思わない。…あの男を、化け物と呼んではばからない奴らに。

……まだ、何も聞けていないのに。

何故、紀斗に執着するようになったのかも。あの子との関係も、何一つ。

「申し訳ありません、八奈木様」

罪悪感のかけらも無い笑顔で、要助は紀斗の腕に刺さったものの倍はありそうなナイフを振り上げる。

「貴方には何の恨みもありませんが、月重様のご命令ですので」

「……っ」

避けることも出来ず、紀斗はきつく目をつむった。だが、ひゅっと刃が空を切った直後、とどろいたのは要助の絶叫だ。

「ぎ、いやぁぁぁぁー……！」

同時に、胴丘で何かがぼとりと落ちる音がした。恐る恐るまぶたを開けたことを、紀斗はす

「腕が…、私の腕がぁ……」

泣きわめく要助の足元――紀斗の顔の脇に、妖鬼化したまま肘《ひじ》から切断された腕が落ちていた。不思議なくらい出血が少ないのは、すさまじい力量で一刀のもとに斬り落とされたからだろう。

「紀斗……」

離れ業をやってのけた男は要助に一瞥もくれず、血の雫《しずく》がしたたる日本刀を放った。無表情に月重を蹴り飛ばし、紀斗の傍らにひざまずくと、乱れてなおつややかな髪が床につくのも構わず紀斗を助け起こす。

「…お前…、北の妖群は…」

「あんなもの」

紀斗の腕と脚からナイフを引き抜き、傷口にそっと当てられる手は熱く、小刻みに震えていた。黒い瞳の奥には、憤怒の炎が燃え盛っている。

「貴方より大切な、守るべきものなど存在しません。貴方の危機を、僕が見逃せるとでも？」

やはり榊は妖群との戦いの途中で紀斗の危機を察知し、転移してきたのだ。榊が消えた北の防衛線は破られ、生き残った妖鬼どもが前進し続けているだろう。天喰家が神を封印したせいで災厄に巻き込まれた人々を、蹂躙《じゅうりん》しながら。

——でも。

「…馬鹿…、だな……」

榊じゃない。紀斗こそが大馬鹿だった。罪の無い人々を見捨ててでも助けに来てくれたことに、後ろめたさよりも喜びを抱いてしまったのだから。じわじわと広がる歓喜の波動が全身を温め、激痛までも麻痺《まひ》させていく。腕も脚も、もう少しも痛まない。

……痛まない、だけじゃない。傷そのものが、無くなってる……？

榊が手を引いた後の手足からは、確かにあったはずのナイフの傷が消え失せていた。シャツとズボンに穴が空いていなければ、傷を受けたこと自体夢だったのではないかと思ってしまいそうだ。

……これも、榊の神の力なのか？

紀斗が自覚無しに結界を無効化していたように、神の力は人それぞれだ。榊が転移に加えて治癒《ちゆ》の力まで使いこなせてもおかしくはないが、何かが引っかかる。

「——ええ、馬鹿ね。本当に馬鹿な化け物だわ」

嘲《あざけ》りと同時に、銃声が血なまぐさい空気を震わせた。紀斗を抱えたまま、振り向きもせず背後にかざしただけの榊の掌《てのひら》に、黒い銃弾が受け止められる。

「化け物はどちらだ、汚らわしい愚か者が」

銃弾を放り捨て、紀斗を背に庇《かば》いながら立ち上がると、榊は拳銃を構えた月重と正面から向

かい合った。

同じ母親から生まれた姉と弟の、三年ぶりの対面。そこには喜びも愛情も無く、ただ刺々しい空気だけが虚《むな》しく流れる。

「自ら妖群を呼び寄せたばかりか、こんな異物を使って僕の紀斗を傷付けるなんて」

榊の忌々《いまいま》しげな視線の先で、要助は息も絶え絶えになりながら、切断された腕を何とか繫げようと必死に腕の断面に押し当てている。だが焦りのせいか、肝心の腕の向きが反対だ。妖鬼の血の恩恵でくっついたとしても、もう戦うことはおろか、まともに動かすことすら不可能だろう。

「異物？　……それはお前でしょう、化け物」

「化け物はどっちだ…！　自分たちが富み栄えるために、たくさんの命を犠牲にしてきたくせに！」

「化け物を化け物と呼んで、どこがいけないのかしら」

息巻く紀斗を冷ややかに睥睨《へいげい》し、月重は鼻先で笑う。要助が使い物にならなくなったにもかかわらず、焦りの色は微塵《みじん》も無い。

「教えてあげるわ。…この化け物はね、私の母が社に封印された神…妖鬼の王と交わって出来た子なのよ」

「…え……」

「――やめろっ！　それ以上話すな！」

榊は血相を変え、床から己の手に転移させた日本刀で斬りかかる。

長い髪の先端を斬り落とされながらも寸前でかわし、月重はまだ無駄な努力を続けている要助の襟首を摑んだ。細腕にそぐわない力で持ち上げ、突進していた榊に向かって投げ飛ばす。

「く……」

榊は難無く避ける――かと思いきや、すさまじい勢いで衝突した要助に押し倒された。要助が力を振り絞ってもう一方の腕を妖鬼化させ、刀を握る榊の手にしがみ付いたのだ。

「ぎゃあああっ…」

紀斗の傷口から抜かれ、床に落ちていたナイフが勢い良く宙に舞い上がり、どすどすと連続で要助の背中に突き刺さる。決死の反抗はつかの間の時間稼ぎにしかならなかったが、それこそが月重の求めているものだった。

「お祖母様の命令で、お母様は泣く泣く囚《とら》われの神と交わり、子を成したの。薄れゆく神の血を補うためにね」

硬直する紀斗の傍らで、月重は囁《ささや》く。睦言《むつごと》のように甘かったそれは、次の瞬間、毒々しい憎悪を孕《はら》んだ。

「けれどお母様は出産に耐え切れず亡くなってしまった上、生まれてきたのはこともあろうに男だった。…だからあの化け物は生贄に捧げられるまでの間、罪人として土蔵に閉じ込められた。仮にも直系の子どもを牢《ろう》で育てるのは、あまりに憐れだとお祖母様がおっしゃったから」

「ど、…土蔵…」

「紀斗、聞かないで！」

息絶えた要助の骸《むくろ》を押しのけながら、榊は叫ぶ。初めて見る焦燥しきった表情に、月重は胸を反らして哄笑《こうしょう》した。

「土蔵にはお祖母様自ら結界を張ったはずなのに、どういうわけか誰かが侵入した形跡が見付かって…それ以降は、地下の座敷牢に移されたのだけれど」

「……、あ、……ああっ……！」

ばらばらだった真実のかけらが次々と繋ぎ合わされていく。どうして紀斗にしか少女が見えなかったのか。何故少女は突然消え、どこへ行ってしまったのか。全ての謎が、真実の光に照らし出される。

「……お前、だったのか」

花々を描いた振袖を纏い、花よりも美しく微笑《ほほえ》みながら、本物の花は一度も見たことの無かったあの子。

——紀斗が一生懸命こしらえた不出来な押し花を、宝物のように喜んでくれた、あの子。

「あの子は…、榊……やっぱり、お前だったのか……」

「う、…うわあああああっ…！」

要助の流した血にまみれ、両手で頭を抱えながら悲鳴をほとばしらせる榊は、紀斗に思い出してもらえて喜んでいるようにはとても見えなかった。いつもの余裕も優美さもかなぐり捨てた憐れなその姿を、月重は嘲笑《あざわら》う。

「わかったでしょう？　この男は正真正銘の化け物なのよ！　お母様を殺した化け物でありながら、浅ましくも人間に執着を抱いた……！」

罵声《ばせい》は憎悪に満ちており、紀斗は悟った。月重が榊を厭《いと》うのは、ただ榊が男だったからではない。母親の命を犠牲にして生まれてきたせいだったのだと。…この瞬間こそを、待ちわびていたのだと。

「…身のほどをわきまえない化け物には、ふさわしい罰を受けさせなければね」

月重は胸元から小さなリモコンを取り出した。赤いボタンを押すと、シャッターが軋《きし》みながら上がっていく。

外の景色がさらけ出されるや、項《うなじ》に強い痛みが走った。…妖鬼、妖鬼、妖鬼。揺れる視界の中に、何体の妖鬼がうごめいているのか。百や二百ではきくまい。五百、六百…もしかしたらそれ以上…。

「オオオオッ、オッ、オウ！」

「……オウ！　オウッ！」

手前の妖鬼がこちらを指差すと、他の妖鬼たちはいっせいに歓呼した。…今なら、紀斗にもわかる。『王、王』と、彼らが探し求めていた王を見付け、歓喜に打ち震えているのだということが。

……こいつら、月予様たちの血の臭いに引き寄せられて……!

たぶんこの倉庫は、別邸とさほど離れていない位置にあるのだろう。だから誰もが別邸を襲撃するつもりなのだと思い込み、術者を派遣したが、妖群が本当に目指しているのは倉庫の方だったのだ。

ゴゴォォッ……。

巨大なシャッターが完全に上がったが、妖鬼どもは何故か倉庫の中になだれ込もうとはしない。がりがりともどかしそうに虚空を掻《か》く仕草に、紀斗ははっとする。何も見えないが、ひょっとして…。

「今、あそこには私が結界を張ってあるわ」

月重は腕を組み、豊かな胸を誇るように持ち上げた。

「私の特殊能力は、いかなる妖鬼の侵入も拒む無敵の結界を張ること。三年前は油断したけれど、今日という今日は失敗しない」

「無敵の、結界…」

紀斗と対極に在るような能力だ。天喰家の直系にはふさわしいと言えるだろう。予想が的中したのはいいが、いかなる妖鬼の侵入も拒むということは――。

「……そう、妖鬼はもちろん、術者も入って来られない。術者は皆、多かれ少なかれ妖鬼の血を引いているのだから」

つまり、双子たち…天喰家の術者たちは、他の妖群を片付けても助けには入れないということだ。警察や自衛隊の救援など、期待するだけ無駄だろう。

「……こんなことをして、何が望みなんだ」

紀斗は未だ混乱から立ち直れない榊を庇い、構えを取る。右腕はずきずきと痛むが、今この男を月重の悪意から守れるのは自分だけだ。

ふっと憫笑《びんしょう》し、月重は太股《ふともも》のホルスターから小さな拳銃を外した。無造作に投げられたそれを、紀斗は何とか受け止める。

「私の望みは一つだけよ。……化け物、お前はそれで自殺しなさい。そうすればこの役立たずの男だけは生かしてあげるわ」

「――っ！」

はっと顔を上げた榊を、馬鹿野郎、と殴ってやりたかった。どうしてそんな言葉に反応してしまうのか。

手の中には、拳銃の硬い感触。

……いっそ、ひと思いに撃つか？

月重を。…諸悪の根源を。引き金に指をかけそうになり、紀斗は舌を打つ。

「…くそっ…」

「あら、気が付いた？　…そうよ。私を殺せば、お前たちはここから出られなくなる。私が死んでも、結界はそのまま残るからね」

倉庫内には、内側から破壊出来そうな窓や壁は無い。唯一の出入り口に結界が張られたままでは、妖群が入って来られなくても、水も食料も無い紀斗たちはいずれ飢え死にしてしまう。榊の転移なら、あるいは結界を無視して脱出出来るかもしれない。だが今の榊は月重を見上げたまま、こちらを向こうともしなかった。…いつもは、うっとうしいくらい見詰めてくるくせに。

かつん、と月重はブーツのヒールを踏み鳴らした。

「さあ、どうするの？　早く自殺しなければ、結界を解くわ。そうなったらこの役立たずは、たちまち喰い尽くされるでしょうね」

「……紀、斗……」

うつろな目のまま、榊はのろのろと手を差し出す。拳銃を寄越せと──紀斗を生かすために死ぬというのか。月重が約束を律義に守るわけがない。榊が自殺した後、紀斗も殺される可能性の方が高いと、わからないはずはないのに。

……どうして……どうしてお前はそこまで…っ…。

ぎりっと嚙み締めた口内に、血の味が広がる。…何の力も無い自分が悔しかった。もしここに居るのが双子なら、月重を倒し、特殊能力によって飛躍的に上がった身体能力で倉庫から脱出することも出来たかもしれないのに。

紀斗に出来ることは無い。何も、――何も？

「違う……」

ふらふらと出入り口へ歩いていく紀斗を、月重は止めなかった。役立たずが拳銃を持ったくらいでは何も出来ないと、たかをくくっているのだろう。あるいは恐慌のあまり、狂ったとでも思われたのか。

どちらでもいい。自由に動けるのなら。

……頼む……！

未だ自覚出来ない――だが必ず身の内に存在するはずの力に、紀斗は必死に呼びかけた。

土蔵にたどり着いた時も双子や榊の結界を破った時も、特に何かやったわけではない。ただ触れただけだ。あらゆる妖鬼を拒むという月重の結界を、それだけで破れるとは思えない。

でも、紀斗が自分の力を使いこなせたなら。…月予や榊の結界すら無意識に破った力を、意識して振るうことが出来たら…！

……見せてくれ！　あの女の張った結界を！

きつくつむったまぶたの奥に燃えるような熱を感じた。おもむろに目を開ければ、何も見えなかったはずの空間に…妖鬼どもが執拗《しつよう》に引っ掻き続けているそこに、六つの円陣が浮かび上がる。

それぞれ微妙に大きさの異なる円陣は金色の光を放ち、微妙に位置をずらしながら重なり合っていた。六つの円陣全てが交わったごく小さな部分だけ、闇色に染まっている。

「そこか……っ……！」

闇色の部分目がけ、紀斗は拳銃を発射した。銃を撃つなんて初めてにもかかわらず、弾丸は狙った的へまっすぐに飛んでいく。紀斗の目が例を捉《とら》えたのか。ようやく悟った月重が泡を喰って飛びかかる気配がするが、もう遅い。

「…や…っ、いやぁぁぁぁぁぁっ！　結界が！　私の結界がぁ！」

小さなつなぎ目を正確に破壊され、無敵のはずの結界はガラスが砕け散るような音と共に消滅していく。直系の次期当主として誇り高く育てられた月重は、絶対に認めたくなかっただろう。よりにもよって役立たずと蔑《さげす》み続けてきた男に、自慢の結界をあとかたも無く破壊されてしまうなんて。

「オオオオオオッ！　オウ！　……オウッ！」

邪魔な結界のなくなった妖群は、紀斗には一瞥もくれず、一本の矢のごとく倉庫の中に――王の匂いをまき散らす骸の山に突進していく。紀斗は榊のもとに取って返し、榊を覆いかぶさるようにして抱き締めた。これで榊も妖群の日から逃れられるはずだ。

だが、月重は。

「あぁぁ……っ」

立ち尽くしていた月重の背中に、妖鬼が槍を突き刺した。貫通した槍先が左胸から生え、鮮血が噴き出る。

槍を引き抜かれ、支えを失った月重はどさりと崩れ落ちた。心臓を貫かれては、どんなに濃い神の力を受け継ごうと生きてはいられまい。

「……お、……かぁ、……さま……」

血の塊と一緒にかすれた呟きを吐き出し、月重は動かなくなる。鎖藤家に留まり妖鬼退治に貢献していればそれなりの待遇を受けられただろうに、榊への復讐を諦めきれなかった。その末に、術者一族の女王として君臨する野望はおろか、命すら失った。…月重が本当に望んでいたのは術者としての栄光ではなく、母のかたき討ちだったのか。

確かめるすべは、もう無い。目の前の死に、打ちひしがれている暇も。

「――榊っ！　何をしてるんだ、戦え！」

まだうずくまったままの榊に無理やり日本刀を握らせ、湧き上がる苛立ち任せに肩をがくがくと揺さぶる。

「オ、オオ、ウ…、……オウ、オウ、オウッ……」

妖鬼どもは困惑したように呻きながら紀斗と榊を避け、ある者は月重の流した血を嗅ぎまくり、ある者は月予と巫女たちの骸に群がっていく。

こくり、と紀斗は喉を上下させた。——期待通りだ。駅の時と同じように、妖鬼どもは紀斗を避けていく。紀斗に庇われた榊にも手出しをしないということは、奴らを寄せ付けない結界のようなものでも無意識に張っているのかもしれない。

……結界を破るのとは、正反対だな。

おそらくはこれもまた、紀斗の特殊能力の一つなのだろう。何度も命の危機にさらされたことによって、眠っていた力が顕現したのか。…いや、今はそんなことはどうでもいい。大事なのは榊を守れること、それだけだ。

何度も揺さぶられ、榊はようやく顔を上げた。虚《うつ》ろな双眸《そうぼう》は初めて出逢った時を思い出させ、どきりとするが、あの頃よりもつややかさを増した唇は信じられない呟きを漏らした。

「…もう、どうでもいい…」

「は……？　何言ってるんだ、お前は」

「だって紀斗は、思い出したのでしょう？　…僕と、どこでどうやって出逢ったのか…」

「——ああ」

榊こそがあの少女だとわかった上で見れば、なるほど、人間離れした美貌はかつて恋した面影をあちこちに留めていた。長いまつげにふちどられた大きな瞳も、陶器よりなめらかな白い肌も、いつか自分のそれを重ねてみたいと願っていた唇も、さらさらとこぼれる漆黒の髪も。

…こんな時でさえ手を伸ばしてしまいたくなるほど、なまめかしいのに。肝心の榊は喜ぶどこえが、じわりと涙を浮かべるのだ。

「だから、ですよ…だから僕はもう、消えてしまいたい…」

「どうして、そんな」

「…だって紀斗は、僕が母と天喰家の神との間に生まれた化け物だということも、知ってしまった！」

溢れた涙が、ぼろぼろと白い頬を伝う。

「紀斗はきっと、僕が女の子だと思い込んでいるはず。本当は男だったというだけでもがっかりさせてしまうのに、半分は人間じゃないと…化け物だとばれたら、絶対に嫌われる。好きになんてなってもらえない。だから秘密を知るあの女どもを追放して、天喰家をまっさらにしてから紀斗を迎えに行ったのに…」

「…おい、榊…」

再会したばかりの頃、榊は紀斗に自分で出会いを思い出して欲しいと願っていた。やっと思い出せたのに何故ここまで打ちひしがれるのかと思っていたが、思い出して欲しいのは美しい思い出だけで、出生の秘密までは…半分は化け物であることは、知られたくなかったということか。

「全部、台無しにされた！　…紀斗に嫌われた！　紀斗に愛してもらえることだけを夢見て生きてきたのに…、もう、生きる意味なんて無い…このまま、妖鬼どもに喰われて…」

死んでしまってもいい。

かつての少女の唇がそう続ける前に、紀斗は怒鳴り付けていた。

「……ふざけるなぁっ！」

「の、……紀斗？」

どんっと肩を突き飛ばされた榊が、目をぱちぱちとしばたたかせる。ぜひ、その顔に感謝して欲しいものだ。紀斗の気持ちも知らずに好き勝手に御託を並べるような男なんて、その顔でなければ横っ面を殴り飛ばしていた。

「…いつ、俺がお前を嫌いになったなんて言ったんだよ…」

「…えっ…」

「俺の気持ちを！　どうしてお前が決め付けるんだよ!?」

――愛されたかっただけだなんて。自分の命よりも当主の座よりも紀斗に嫌われないことの方が大切で、そのために祖母と姉たちを追放し、天喰家をたったの三年で掌握したなんて。

なんて――いじらしいんだろう。

紀斗は、少女の存在を無かったことにしかけていたのに。他の女と恋愛し、結婚までしてしまったのに。榊はずっと、紀斗を思い続けてくれていたなんて。

「…そんなの…、…可愛《かわい》いと思わないわけ、ないじゃないか…」

悪夢でしかなかった三年前の結婚式の記憶が、鮮やかに塗り替えられていく。プライドをへ払われ、もてあそばれたとばかり思っていた。…でも、本当は違うのだ。紀斗を心の支えに過酷な環境を生き延びたかつての少女が、逢いに来てくれた。真由《まゆ》の企みから、助けてくれたのだ。

「…ここに連れて来られる前、お前の部屋であの子の振袖と俺が贈った栞を見付けた。その時から、もしかしたらお前があの子かもしれないと…お前に会って確かめたいと思ってた」

「…、…紀斗…、まさか…」

絶望に冷えきっていた瞳に、かすかな希望の炎が灯《とも》る。

「俺は、お前が嫌いなんかじゃない。化け物だとも思わない。お前は、お前だ。俺なんかの心一つで一喜一憂する、馬鹿な奴だ。…あと、ついでにポンコツだ」

「…あ…、あ、あ…」

「まだ、この気持ちが何なのかはわからない。…でも、たぶん…お前と同じものだと、おも…」

「あああああっ！　紀斗、僕の紀斗……！」

あっという間に生気に満ちた瞳をぎらぎらと輝かせ、榊は紀斗に抱き付いた。きつく締め上げられながら押し倒されそうになり、紀斗は慌てて榊の背を叩く。

「ま…、待て！　お前、今の状況がわかってるんだろうな⁉」

ここは別邸の寝室ではなく倉庫で、周囲には月重たちの骸が散乱し、王の血の臭いに惹《ひ》き付けられた妖群が押し寄せ続けている。まさに地獄絵図のような光景がくり広げられているのに、あたりを見回した榊はうっとうしい羽虫でも見付けてしまったかのように眉を顰《しか》める。

「ああ、……そうですね。僕の可愛い紀斗の愛らしい姿を、こんな奴らに見せてやるわけにはいかない」

つっと眇《すが》められた瞳が、一瞬、赤みがかった金色の光を帯びたのは錯覚だったのか。

白い手が空を一閃《いっせん》した——紀斗の目が捉えられたのはそれだけだ。だが次の瞬間、王を発見したと勘違いして骸の山を囲んで踊っていた妖鬼たちも、要助の骸をばりばりと喰らっていた妖鬼たちも、月重の骸をつつき回していた妖鬼たちも、入りきれずに外でうごめいていた妖鬼たちも…何百体もの妖鬼が不可視の縄に拘束されたかのように動きを止める。

「消えろ」

氷よりも冷たい命令にぞくりと震え上がってしまったのは、わずかながらでも彼らと同じ血を持つせいか。

サアアアアア……、と、妖鬼どもは砂と化して散っていった。後に残ったのは月予たちの骸の山と月重の骸、要助であったモノのかけら…命を失ったものばかり。生きているのは、紀斗と榊だけだ。

……これが、神の……妖鬼の王の力……。

神よ月重の母親と、天喰家の神の間に生まれた子ども。神の子であり、王の子でもあるのならに他の術者を圧倒するのも当然だが…それにしてもこの力は…。

「さあ、これでいいでしょう?」

打って変わって甘い囁きが紀斗の耳朶《じだ》を濡《ぬ》らす。びくん、と背筋を震わせた時には、もう景色が一変していた。血の臭いが充満する倉庫から、榊の私室へと。

敷かれたまま使われた形跡の無い布団に押し倒され、ボタンがちぎれ飛ぶ勢いでシャツをはだけられる。

剝き出しの乳首にしゃぶりつかれる前に、紀斗はどうにか榊の肩を押し戻した。

「待て…、待てったら!」

「……もう、じゅうぶんすぎるほど待ったと思いますが?」

まだ焦らし足りないのですか、と舌先で乳首をいじられながらなじられ、紀斗はぶんぶんと首を振る。

「そういうことじゃなくて…、まだ、東と西の妖群が残ってるだろ⁉　倉庫には、…その、前当主様たちの遺体も…」

「朧と虚を倉庫に転移させておきましたから、問題ありません。巫女たちの骸を片付けてしまえば、これ以上妖群がこちら側に流れ込むこともなくなるでしょう。他の術者たちで、じゅうぶんに対処可能です。……そんなことよりも」

互いのまつげが触れそうなほど近くに、榊は顔を寄せた。

「さっきの言葉は、本当ですか？」

「……、榊……」

「僕と同じ気持ちだと……つまり、紀斗も僕以外の生きとし生ける者は全てどうなろうと構わないと、僕の愛情しか求めないと、……そう、思って下さっているのですよね？」

真摯《しんし》な告白が、ずしんと全身にのしかかってきた。…はっきり言って重い。重すぎる。ここで受け容れたが最後、人生を狂わされるどころか、魂ごと持って行かれるような気がする。

でも。

「……貴方だけが、支えだったんです」

――でも、この男は。

「母を殺したと疎まれ、生贄になるためだけに生かされて……男であることすら否定され、女の格好で土蔵に閉じ込められていた僕のもとに、貴方はたどり着いてくれた。人と触れ合う喜びを、本物の花の美しさを教えてくれた」

紛れも無く、紀斗の初恋だったのだ。…そして今、再び魅了されている。姿かたちではない、紀斗を思い続けてくれた一途さに。

「貴方を愛している。…貴方と、ずっと共に生きたい。だから…貴方も、僕を愛して欲しい…」

「紳……」

紀斗はさらさらと流れる黒髪を掬い上げ、鼻を寄せた。あの血なまぐさい空気に身を浸していたにもかかわらず、甘く熟した香りが紀斗の胸を震わせる。

「ずっと、この髪に触れてみたいと思っていた。…男の姿に戻っても、切らないでくれたんだな」

「……ええ、……ええ。紀斗が、綺麗だと誉めて下さったから……僕も、いつか貴方に触れて欲しくて……」

いじらしいことを言う唇を、紀斗は発作的に奪った。ぱちくりとする大きな瞳が可愛らしいと、舐《な》め回してやりたいと思ってしまった時点で、紀斗もまた引き返せないところまで進んでいたのだろう。

「…触れて欲しいのは、髪だけか？」

やわらかな唇を挑発するように舐めてやれば、ぞっとするほど甘い匂いが立ちのぼる。

「いいえ。手にも脚にも、……この身体の全てに、あますところなく触れて欲しいと……愛して欲しいと、願っていました」

「そう、か」

月予のしたことには一切賛成出来ないが、榊を神の生贄に捧げようと思った気持ちだけは何となくわかってしまった。腐り落ちる寸前の熟れきった果実のごとき甘い匂いを嗅いでしまったら、白い肌の極上の手触りを覚えてしまったら……たとえ半分血を分けた我が子であろうと、神は喰らわずにはいられないだろう。

ましてや、その血をかすかに継ぐだけの紀斗ではあらがいようが無い。

「…初めてお前を見た時、俺は恋に落ちた」

「——！　紀斗…」

「今もその気持ちは変わらない。…いや、改めてお前に恋をしている」

愛している、と耳元で囁いた瞬間、紀斗は布団に押さえ付けられ、燃えるように熱い唇を重ねられていた。

「ち…、ちょっと、待て…っ」

あっという間にシャツを脱がされ、ズボンは下着ごとどこかに転移させられ、生まれたままの姿をさらしてしまった。当然のように乳首にしゃぶりつかれそうになり、紀斗はぐいと白い額を押す。

「…紀斗？」

榊はどうにか止まってくれたが、さっきまで子どものように泣きじゃくっていたとは思えない秀麗な顔には、不満がありありと滲んでいる。頬に手を滑らせ、紀斗は囁いた。

「俺も、…触れたい」

「…僕に、ですか？」

「ずっと、お前にされるばっかりだったから…今日くらい…」

俺から触りたい、とねだる前に、榊がおもむろに身を起こした。ジャケットを脱ぎ捨て、シャツに手をかけたところで、紀斗も起き上がる。

「どうせなら、俺にやらせてくれよ」

「で、でも……恥ずかしくて……」

蚊《か》の鳴くような小さい声で白状されても、納得出来るわけがない。

「本気で言ってるのか？　今までさんざん、やることはやったくせに」

三年前なんて、男とも女とも経験の無かった紀斗に無理やりまたがり、精を搾り取ったではないか。今さらうぶな反応をされても困ってしまう。…その白い肌を、染め上げてやりたくなるから。

「あの時は必死でしたから…紀斗を、振り向かせたくて…」

「…その割には、ずいぶんと慣れているみたいだったけどな」

「僕を抱いた男も、…僕が抱いた男も、紀斗だけですよ」

だったらこの身体に群がっていた新参者たちは何なのだ、と心の中でひがんだのが伝わったのだろう。機嫌を取るように、榊は紀斗の手に頬をすり寄せる。

「あの男たちにはただこの肌に触れ、体液を啜《すす》ることを許してやっただけ。僕の中に入ったのは、紀斗…貴方だけです」

「っ…、だったら、俺が何をしても構わないよな？」

榊が嘘《うそ》をついているとは思わない。…でも、紀斗以外の男に触れさせたのは許せない。あいつらがしたことも、しなかったことも全部してやりたい。この男が自分の下で感じまくってあえぐところが見たい。

「はい。……どうぞ、存分に」

紀斗の中に渦巻く凶暴な欲望に気付かないはずはないのに、榊は素直に横たわった。長い髪を花びらのように散らし、頬を染めて紀斗に踏み荒らされるのを待つ姿は、触れれば落ちる花だ。

……蹂躙してやりたい。

「…あ、あぁっ！」

生まれて初めて抱いた衝動のまま、シャツの上から乳首にかぶり付いた。脱がせてからと思ったのに、待ちきれなかった。榊が紀斗のそこを執拗にしゃぶり、うっとりと吸っていたのを思い出してしまったから。

そう、つまり榊が悪いのだ。

「あ…、ぁ、紀斗…、紀斗っ…」

薄布一枚隔てた愛撫《あいぶ》のもどかしさに悶《もだ》えたとしても、のしかかる身体に熱を移されて燃え上かってもらえない。

「もっと強く、…っ、あ、ぁ…っ」

唾液に濡れて透けた乳首をぬらぬらとてからせ、紀斗を誘う榊が全部悪いのだ。たやすく尖《とが》った先端の肉粒を指先で摘まみ上げ、ちゅうちゅうと吸っては舌先でもてあそぶことしか考えられなくなってしまう紀斗は被害者である。

右の乳首を堪能し、左も味わってやろうと顔を上げた時、堪えきれないとばかりに榊は己のシャツをはだけた。乱暴に引っ張られたせいでちぎれたボタンが、畳に飛んでいく。

「何で、…っ」

素早く後ろ頭に回った手にぐいと引き寄せられ、裸の左胸に顔面を押し付けられた。抗議しようと開いた口に、愛撫を待ちわびる乳首が侵入してくる。

「う、…ん…」

もっと布越しに焦らしてやりたかったのに。意趣返しに軽く歯を立ててやろうかと思ったが、じかにしゃぶった肉の甘さに喉が鳴った。榊があんなに執心したのも納得だ。一度味わってしまったら病みつきになる。舌先でさんざんに抉《えぐ》り、押しつぶすうちに熱を孕み、ぷっくりと膨《ふく》らんでも離せない。

――とくん。

心臓と共に、股間《こかん》が脈打った。悩ましい息を吐き、榊は左手で紀斗を抱き締めると、右手を紀斗の尻のあわいに忍ばせる。そこのほころばせ方を知り尽くした指が蕾をなぞり、浅く沈み込む。

「……んっ！」

感じやすいところを擦り上げられ、背筋にびりびりと電流のような快感が走った。榊に抱かれていなければ、軽くのけ反った弾みで乳首から口を離してしまったかもしれない。

「僕の紀斗……」

上目遣いに睨《にら》んでやれば、どろどろに溶けた黒い瞳に吸い込まれそうになった。…ああ、これだ。紀斗しか映さない、澄んだ混沌《こんとん》の瞳。この瞳に、紀斗は恋をしたのだ。何年も会えなくても、榊の存在が紀斗の中から消えてなくなることは無かった。

それに比べたら、真由に対する愛情など可愛いものだ。嫌いではなかったし、大切にも思っていた。だが真由が必死に迫らなければ、結婚までは考えなかっただろう。

……真由と、離婚しよう。

自然とそう思えた。もはや心はとうに離れているのだから、法的にも実態に合わせるだけだが、これまではどうしても決断出来なかった。今ならわかる。既婚者という縛りを失えば、榊という底無し沼のような男にずぶずぶと沈んでしまいそうで恐ろしかったのだと。

結局はその通りになったけれど、怖くはない。命よりも当主の座よりも紀斗に愛されることを望む男を、…初恋の相手を、どうして恐れる必要があるだろうか。

――俺の榊。

乳首にしゃぶり付いて離れられない唇の代わりに、根元まで入り込んだ指を甘く締め上げ、素肌を隙間無く重ねる。それだけで、榊は紀斗の心を理解してくれた。黒い瞳が歓喜に輝く。

「紀斗……っ！」

「…ん、んっ…」

三本に増やされた指に、ぐぐっと腹の裏側の敏感な部分を抉り上げられた。どくん、とさっきよりも大きく脈打った股間が、布越しにも熱くそそり勃《た》っている榊のそこを圧迫する。

……えっ？

まさか、と思いながら触れてみた股間は、いつもならふにゃりと柔らかい感触が伝わってくるだけなのに、指先を力強い弾力で押し返した。榊も異変に気付いたのだろう。指を引き抜き、後ろ頭を撫でて促す。

「……あ、ああ！」

のろのろと榊をまたがる格好で膝立ちになり、紀斗は驚愕に崩れ落ちそうになった。見下ろした股間で、肉茎が…三年間何をしても項垂《うなだ》れたままだったそこが、力強く反り返っている。縛り付けていた全てのくびきから解き放たれたかのように。

「…紀斗…、あぁ、僕の紀斗が…」

榊は喜びに打ち震える手を伸ばし、そっと肉茎を包み込んだ。そのまま揉《も》みしだかれれば、そこはますます張《みなぎ》り、先端から透明な雫を垂らし始める。

男なら当然備えているはずの、だが三年もの間無縁だった感覚に、困惑混じりの感動がこみ上げた。手放しで喜べないのは蕾が勝手にぱくぱくと口を開け、榊の指を…いや、もっと太く大きなものを欲しがってうごめいているせいだ。こんなこと、三年前はありえなかったのに。

「紀斗、…紀斗、……早く、僕に……」

紀斗と同じく、熱に貫かれることを切望する榊がしゃぶり尽くされて腫《は》れた乳首を見せつけながら懇願した。その紅い唇にふらふらと引き寄せられ、紀斗は榊の胸元に膝を進める。

「……はっ、あぁぁ……っ！」

待ちわびたとばかりに首を持ち上げた榊が、よだれを垂らす肉茎にしゃぶり付いた。瑞々しくやわらかな唇。かつて恋い焦がれたそれに、自分の脈打つものが呑み込まれていく。背徳感と興奮がない交ぜになり、腰が勝手に動き出す。

ぬちゅ…、ぐちゅ、ぐちゅぅ……っ。

濡れた粘膜が絡み付いてくるのを振り切り、奥へ突き入れるたび、久しぶりに味わう男としての快感が脳髄を焼いた。三年前と同じ、いや、それ以上の悦楽——なのに胸が疼《うず》くのは何故なのか。どうして蕾が物欲しそうに口を開けたままなのか。

「…は、あぁっ…」

くねる腰を伝った指が、再び尻のあわいにもぐり込んだ。視界がふさがれているとは思えな

い正確さで蕾を探り当て、中に沈んでくる。

「あ、…あっ、や…あっ、ん、あ…っ…」

女でもないのに、濡れるはずもないそこはぐちゅぐちゅといやらしい水音をたてる。かすかに漂ってきた青い匂いに、疑問はすぐに氷解した。

……いった、のか……。

紀斗の肉茎をしゃぶって、榊は果てたのだ。吐き出された精液を、ぬちゅぬちゅと塗り込められている。理解したとたん、猛烈な口惜しさがわき上がる。

「…何で、俺の中に出さないんだよ…っ」

あのおびただしい量の精液でびゅうびゅうと媚肉を叩かれたら、きっと失神するほど気持ちいいのに。衰えを知らない肉刀に栓《せん》をされ、一滴もこぼすことを許されないまま二度、三度と注がれたら、すさまじい圧迫感と同じだけの快感を貪り続けられるのに。榊が紀斗の中に居座る限り、ずっと。

熱心に奉仕していた榊の舌が動きを止める。黒い瞳が驚愕に見開かれているのに気付き、紀斗もまた腰を止めた。…言葉にしてしまったのだとようやく思い至っても、後の祭りだ。

「……本当に?」

肉茎から離れた榊が震える声で尋ねる。反射的に否定したくなったが、潤んだ黒い瞳には逆らえなかった。

「じゃあ……見せて。貴方が僕を欲しがって下さる姿を、僕に……」

おずおずと頷いた紀斗に、榊が懇願する。熱くぬかるんだ口内にも、三年前に味わわされた媚肉の締め付けにも未練はあったが、紀斗は素直に榊の上からどいた。身体の向きを入れ替え、榊に尻を突き出す格好で四《よ》つん這《ば》いになる。興奮しきった黒い瞳にさらされた蕾が、嬉しそうにうごめくのがわかる。

股間の肉茎を雄々しく勃起させながら、さも太いものを頬張りたいとばかりに蕾をぱくつかせるなんて、我ながら羞恥《しゅうち》で死んでしまいそうだけれど。

「ああ…、本当に紀斗が、僕を……僕をっ！」

獣の激しさを孕んだ咆哮《ほうこう》も、わななく尻たぶを割り開く手も、欲情に濡れている。

「あ、あぁぁ、あー……っ…！」

「僕のものだ。……これで本当に、僕のもの……」

背中をきつく抱きすくめられ、待ち焦がれた肉の杭《くい》に深々と穿《うが》たれた瞬間、紀斗は三年ぶりの絶頂に駆け上がっていた。

『報告は以上です。……あの、どうか八奈木様を大切にしてあげて下さいね』

報告は遠慮がちな忠告で締めくくられた。通話が切れる寸前、おいっ、と咎めるような朧の声が聞こえたということは、虚の独断なのだろう。双子の片割れしか眼中に無いあの少年が他人を気にかけるとは珍しい。

榊はスマートフォンを枕元に滑らせ、背後から抱き締めた紀斗の項に口付ける。さっきからずっとついばみ続けていたせいで、そこは紅い吸い痕《あと》に埋め尽くされていた。

「…貴方はつくづく、こういう手合いに愛されるようですね…」

これまでなら嫉妬《しっと》で双子ごと焼き尽くしてしまったかもしれないが、今の榊の心は穏やかだ。かつてないほど満たされている。心に生じたかすかな波紋も、紀斗の中に埋めたままの肉刀で軽く突き上げ、腹の中の精液を揺すってやればすぐに凪《な》いだ。

……完全に馴染《なじ》むまで、あと一時間ほどというところか。

以前、紀斗の中に出した精液が媚肉を通じて取り込まれるまでは倍以上の時間がかかった。その間ずっと繋がっていられるので、それはそれで良かったのだが、やはり早く馴染んでくれる方が喜ばしい。…紀斗が順調に、こちら側に堕ちてきてくれている証《あかし》だから。

——何の前触れも無く倉庫に転移させられたにもかかわらず、双子は榊の期待以上の働きをしてくれた。巫女たちと月予、月重の骸を焼き、王の血の臭いを完全に絶った上で残りの妖鬼を全滅させた。鎖藤家の要助の遺体——正確には、その残骸《ざんがい》——はしっかり回収したそうだから、これからいくらでも鎖藤家に圧力をかけられるだろう。

妖鬼が人間の世界に現れる理由を知っていながら止めず、あまつさえ呼び寄せようとしていたなんて、公になれば断罪を免れない。怒り狂った被害者やその遺族たちに襲撃され、血祭りに上げられるはずだから。

「……馬鹿な奴らだ」

要助も、そして月重も。

彼らは大きな勘違いをしていることを知らぬまま、冥府《めいふ》に旅立ってしまった。

紀斗を殺され、力の根幹を失った榊も始末してしまえば、天喰家は再び月重のものとなり、鎖藤家共々栄華を極められる。術者一族の蜜月が訪れる。彼らはそう信じて疑わなかったようだが、そんなことは絶対にありえないのだ。だって彼らの計画は、最初から挫折《ざせつ》している。妖鬼を人間の世界に呼び寄せる王——天喰家の社に封印された神は、もう居ない。三年前、榊が喰らってしまったから。

半分は神の血が流れるせいか、結界を出ると同時に榊は理解した。長きにわたりこちら側の世界に留められ、仲間を殺され続けた神は解放を望んでいる。魂だけになっても、生まれた故郷に還りたがっているのだと。

だから紀斗に抱かれて自我を得た榊が社に転移した時、神は自ら身を捧げた。いずれ榊によって己の宿願が果たされると、直感したのだろう。鏡で映したようにそっくりな姿の神を喰らうのはさすがの榊も気が引けたが、味わってしまえば止まらなくなった。紀斗以外に、あれほどの甘美を味わわせてくれるものは居まい。あるいはようやく解放された神の喜びが、榊の心を震わせたのか。その時から妖鬼の出現率が急上昇したのは、彼らの王と一体化した榊が結界の外に出たせいだ。

そうやって神と一体化した榊に、もはや不可能など無かった。その気になれば邸ごと巫女たちを焼き尽くしてやることも可能だったが、敢えて追放に留めたのは今日のため。…紀斗を、こうしてこちら側に堕とすため。

ぬちゅぬちゅと腹の中をかき混ぜられているのに、起きる気配も無い紀斗の右腕にそっと手を滑らせる。もはやそこには、ナイフで刺された痕跡《こんせき》すら残っていなかった。たぶん紀斗は榊が神の力で癒《いや》したのだと思ったのだろうが、違う。癒したのは紀斗自身だ。…正確に言うなら、紀斗の中に芽吹きつつある神の血か。

榊に精を注ぎ、そして精を注がれたことで、紀斗の肉体は強く神と繋がった。そして榊の愛を受け容れた今、心と魂もがんじがらめに縛り付けられ、人より神に近い存在に変貌を遂げつつある。

完全に変化するのはまだまだ先だが、あの程度の傷を一瞬で癒すくらいたやすいことだ。もう少し進めば、そもそも攻撃自体受け付けなくなるだろう。すでに妖鬼どもは紀斗の中に宿る王の気配を感じ取り、紀斗には手出しをしなくなっている。

「許して下さいね、紀斗……」

すぐに治るとわかっていても、紀斗を傷付けさせるのは榊にとって苦渋の決断だった。月重と要助を泳がせていたのは他ならぬ自分なのに、紀斗が血を流す姿を見た瞬間、過去の自分をくびり殺してやりたくなった。

…紀斗は優しく聡明《そうめい》な人だ。いつかは榊の張り巡らせた謀《はかりごと》に気付いてしまうかもしれない。榊に抱いてくれた恋心が、粉々に壊れる日が訪れるかもしれない。

けれど、紀斗はどうあっても逃げられない。

「……百年経ったら僕のものになると、約束して下さったんですから……」

紀斗にしてみればただの軽口、冗談のつもりだったのだろう。だが神と一体化した榊に誓ったそれは、本人の気持ちがどうあろうと、紛れも無く神と人との誓約だ。…違《たが》えることは、絶対に許されない。

神と一体化した榊も、心と身体を神に繋がれた紀斗も、もはやこれ以上年齢を重ねることは無い。人間の寿命のくびきから解放され、永い時を生き続けることになる。百年などあっという間だ。

神の血が流れる肉体は、自殺も受け容れない。家族も友人も、関わりのある人々が次々と寿命を終えていく中、同じ時を分かち合える唯一の存在を突き放せるわけがない。憎かろうと疎ましかろうと、紀斗はこの手を取るしかないのだ。

どくん、と身の内で自分のものではない鼓動が弾《はじ》けた。榊は己の左胸に手を当て、堪え切れない笑みを浮かべる。

……どうしても紀斗が僕を拒むのなら、妖鬼どもの世界へ渡ってしまえばいい。

榊は己の子孫に縛られ、元の世界に還れなかった神ではない。その気になれば次元の穴を渡り、妖鬼の世界へ旅立てる。

妖鬼は本来、決まった形を持たず、気に入った生き物の姿や能力をコピーする。こちら側の世界で奇妙なつぎはぎの姿を取っていたのは、こちらで遭遇した強そうな動物を好き勝手にコピーしたからだろう。強い動物をつなぎ合わせればもっと強くなる、という低い知性しか持ち合わせないのだ。榊のように、優秀な人間の能力だけをコピーし、身の内に取り込むなどという器用な芸当は出来ない。能力を取り込まれた人間は、文字通りの能無しとなってしまうが。

最近人型が増えてきたのは、きっと人間の武器が著しい進歩を遂げるにつれ、人間も戦い方によっては強い生き物だと認められたせいだ。つくづく馬鹿な者たちだが、逆にそれがいい。下僕として使うには都合がいいし、紀斗が惹かれることはまず無いだろうから。

たとえこちら側の世界の全ての人間に忘れ去られても構わない。

……紀斗さえ愛してくれれば、僕の存在は紀斗と一つに溶け合って、永遠になる。

萎えた肉茎を愛おしげに撫でながら、榊は二人が一つになる瞬間を――そう遠くないうちに必ず訪れるその時を、いつまでも夢見ていた。

あとがき

こんにちは、宮緒葵《みやおあおい》です。キャラ文庫さんでは『羽化』に続き、早くも今年二冊目の本を出して頂けました。お手に取って下さり、ありがとうございます。

今年は縁あってシリーズものの続編を執筆させて頂くことが多く、シリーズものではない新作はこの本が今年初、そして人生初のリバと、初めて尽くしの一冊になりました。元ネタは『羽化』を執筆中、予想外に長くなりすぎたページ数をどうやって担当さんに許してもらおうか…と悩んでいる時に見た夢なので、担当さんが書かせて下さった一冊でもあります。

榊は紀斗に対してだけは誠実で、嘘も吐かないし真実しか言っていないのに、本当のことは何一つ告げないという、私が書いてきた中でも一、二を争うくらいたちの悪い攻めです。ラストの榊視点まで読み、また最初から読み返して頂くと、榊の言動の不穏さがわかって頂けるかと思います。でもこういうタイプのキャラは、困ったことに、書いていてすごく楽しいんですよね。

紀斗は最初、天喰家の女たちの陰謀のせいで自分を能無しだと思い込んでいますが、実は先祖返りと言ってもいい強い能力の持ち主でした。天喰家があああいう状態でなければ、そして榊さえ登場しなければ妖鬼と戦うヒーローとして活躍出来たんじゃないでしょうか。でも榊に捕まってしまったので、最終的には妖鬼の世界に連れて行かれて楽しく過ごすことになるのではないかと思います。妖鬼の襲撃は榊が帰還すれば終わりますから、人間たちの受難はもうしばらく続きそうです。

朧と虚の双子キャラも書いていて楽しかったので、ページ数さえあればもっと活躍させてあげたかった…。この子たちは普通の人間より多少は長生きで老化も遅いですが、紀斗たちには遠く及ばないため、紀斗は二人を看取ることになると思います。最後に残るのは榊だけです。

今回のイラストはサマミヤアカザ先生に描いて頂けました。サマミヤ先生、お忙しいところありがとうございます…！　久しぶりにご一緒出来て嬉しいです。まだラフなどは拝見していないのですが、先生の描いて下さる榊と紀斗を想像するだけでにやにやしてしまいます。

担当のY様、今回もありがとうございました。苦手なアクションシーンや構成も、おかげで少し自信がつきました。

最後に、いつも応援して下さる皆様、本当にありがとうございます。今年も半分が終わってしまいましたが、後半にかけてまた色々と書かせて頂く予定です。よろしければご感想を聞かせて頂けるととても嬉しいです。

それではまた、どこかでお会い出来ますように。

この本を読んでのご意見、ご感想を編集部までお寄せください。

《あて先》〒141－8202 東京都品川区上大崎3－1－1 徳間書店 キャラ編集部気付
「百年待てたら結婚します」係

【読者アンケートフォーム】

QRコードより作品の感想・アンケートをお送り頂けます。

Chara公式サイト http://www.chara-info.net/

■初出一覧

百年待てたら結婚します……書き下ろし

Chara

百年待てたら結婚します……【キャラ文庫】

2021年7月31日　初刷

著者　宮緒 葵

発行者　松下俊也

発行所　株式会社徳間書店

〒141-8202　東京都品川区上大崎3-1-1

電話　049-293-5521（販売部）

03-5403-4348（編集部）

振替　00140-0-44392

印刷・製本　図書印刷株式会社

カバー・口絵　近代美術株式会社

デザイン　カナイデザイン室

ISBN978-4-19-901036-1

宮緒 葵の本

好評発売中

［羽化 悪食2］

イラスト✦みずかねりょう

正体不明とネットで噂の「妖精画家」が、ついに姿を現した!!　しかも新規ホテルに飾る絵を正式に依頼されたらしい!? 繊細なタッチまで酷似した、偽者の登場に驚愕する水琴《みこと》。けれど、水琴の才能を高く評価する、過保護な恋人で画商の泉里《せんり》は大激怒!! 正体を暴くため、招待客として水琴と共に乗り込むことに…。初めての旅行は嬉しい反面、画家として今後どう生きるか水琴は選択を迫られて!?

宮緒 葵の本

好評発売中

「祝福された吸血鬼」

イラスト◆Ciel

不老の肉体と高い魔力を持つ、死と闇の眷属・吸血鬼《ナハツエール》――。元は小国の王子だったアウロラは、外見は弱冠17歳の美少年。生きることに飽いていたある日、魔の森で、少女と見紛う少年を拾う。傷つき疲弊した彼は、実は王位継承争いで国を追われた王子だった!! アウロラの正体を知っても恩義を感じ、忠誠を誓うこと五年――。華奢で愛らしかった養い子は、若き獅子のような青年へと成長して!?

宮緒 葵の本

好評発売中

「忘却の月に聞け」

イラスト✦水名瀬雅良

学園の階級社会《スクールカースト》に君臨するカリスマ——大企業の御曹司で義兄の青嗣《せいじ》に、夜ごと抱かれる藍生《あいき》。「俺はおまえしかいらない」幼い頃から独占欲を隠さない青嗣は、藍生が友達を作ることさえ許さない。「卒業したら出て行ってやる」その日を夢み、耐えていたある日、なんと青嗣が交通事故で記憶喪失に!!　このまま関係をリセットして、執着の楔を断ち切れるのか——希望と不安に揺れ惑う日々が始まる!!